Phébus *libretto*

ELLE

MARTINE ROFFINELLA

ELLE

roman

Phébus *libretto*

Illustration de couverture :
Jean-Auguste-Dominique Ingres,
Étude pour la figure d'Angélique (détail)
Paris, Musée du Louvre
Photo : RMN

© Éditions Phébus, Paris, 1988

à Ugo

Je fais souvent ce rêve étrange et pénétrant
D'une femme inconnue et que j'aime et qui m'aime

VERLAINE

Que le lecteur n'aille pas s'imaginer que les personnages de cette histoire ont réellement existé. Le récit qu'il va lire est de pure fiction.

SÉPARÉES

Elle était assise à mes côtés.

Nos genoux se touchaient presque.

Il n'y avait plus de lieux, plus d'espace, plus de jardin public pour nous écouter parler ou dérober le mouvement de nos lèvres, plus de passants égarés en plein cœur de l'automne bruissant.

Plus rien.

Seule une petite brise d'octobre qui promenait son parfum çà et là, petite musique d'arbres nus, m'incitait à croire qu'elle était assise près de moi, sur ce banc verdâtre, dans le jardin public, jambes croisées, à me regarder.

Je m'interrogeais en silence. Que cachait ce regard ? Sans doute une haine, sans doute un amour. Une histoire non éclatée, déchirée par le temps. J'avais attendu ce moment pendant de longues années. Et maintenant qu'elle avait enfin accepté de me parler, je me sentais stupide, crevée de mots désuets que je ne parvenais plus à prononcer.

Pour briser cette absence de phrases entre nous, j'évoquais la salle de classe, les garçons de l'école,

Elle

l'un d'entre eux même, intelligent, gracieux, presque beau.

Elle me coupa. Elle dit, je n'aime pas les hommes.

Je réponds, et votre mari?

Elle murmure, mon mari, c'est l'homme avec lequel je vis.

A nouveau, le silence a glissé entre nous. J'aurais dû lui parler. Lui prendre la main. J'ai seulement baissé les yeux. Comme si son secret ne m'intéressait pas. Comme si je n'avais rien entendu.

Puis elle a dit, il faut que je parte, maintenant. J'ai marché un peu avec elle. Et tout s'est achevé ainsi. Dans le jardin public.

Toute meurtrie par ce départ, folle d'ignorer si un jour je pourrais la revoir, je m'enveloppe dans un rêve. Dans ce rêve que je fais, elle s'approche de moi. Elle laisse longuement dériver son regard sur moi. Avant d'aller jusqu'à sa voiture, dans la rue qui longe le jardin public que nous venons de quitter, elle suggère, vous prendrez bien un verre à la maison, n'est-ce pas?

Je me tais. Je la suis, timide. Nous arrivons chez elle. Son mari est absent. Elle le sait, bien sûr. Elle en profite.

Elle dit, cela fait longtemps que nous nous cherchons, sans réellement espérer nous atteindre. Vous êtes si jeune. Trop jeune pour vous abandonner. Puis elle me propose un jus de fruits, nonchalante. J'accepte, recroquevillée, mains glacées, minuscule tache noire sur son canapé en cuir.

Son living-room est chaud, tout imprégné des chaleurs de son corps, de ses gestes mesurés, toujours

Séparées

si proches du désir, ce même désir, cette épaisse sensualité qui épouse sa chevelure sombre. Ses yeux noirs m'avalent tout entière, me gobent, me gardent, m'emprisonnent dans ses caprices de femme, son orgueil de femme.

Il y a de la moquette blanche sur le sol. Ce canapé de cuir blanc. Une table basse en verre fumé. Puis des livres. Des milliers de livres qui pèsent sur les étagères.

Elle se sert un alcool fort et vient s'asseoir près de moi.

Qu'y a-t-il entre nous ? Rien d'autre que des mots, des poèmes appris par cœur, dans la cour d'école, des échappatoires au désir.

Je dis oui, des échappatoires.

Elle s'approche encore de moi. Sa main cherche la mienne. Comme dans l'obscurité, cette avidité des gestes vains.

Elle dit, est-il trop tôt encore ? Je réponds, non mais j'ai peur.

Alors, elle se penche sur moi. Son parfum m'étourdit, me dérobe à la réalité. Ses yeux m'aveuglent et ne me laissent plus aucune chance d'échapper à cet amour-là. Ses yeux m'enlèvent. Ses lèvres cambriolent les miennes, me mordent un peu, pour y graver leur trace indélébile. Sa main s'aventure entre mes cuisses.

Fin du rêve.
Elle est partie depuis longtemps, maintenant. La

Elle

nuit s'émiette dans le jardin public. Je dois rentrer chez moi, la tête creuse, l'ivresse folle. Désormais, sans espoir de retour, je ne peux que vivre dans le passé.

Elle s'est emparée de mon existence, finalement, non?

Un jour. Il y a longtemps, déjà. C'est la rentrée scolaire. Un mois de septembre comme les autres, odorant, charnel, sonore des feuilles qui meurent.

Un mois de septembre qui, dans notre région, est encore écrasant de chaleur.

Devant la porte de la salle de classe, dans la cour d'école, je retrouve mes camarades de l'année précédente.

J'ai quatorze ans. J'entre en troisième. J'ai refusé ce premier jour d'arriver, comme les autres, toute vêtue de neuf, tout imprégnée de l'odeur de ma mère. Je porte la même blouse blanche raccommodée aux coudes. Je serre contre ma poitrine mon vieux cartable noir, dont le cuir patiné, zébré d'éraflures, exhale pour moi un parfum de vie. Ma mère ne m'a pas accompagnée, ainsi que je le lui ai demandé, quitte à ce que je sois un peu triste, un peu seule, le cœur serré.

Robert, l'homme à tout faire de l'école, s'est appliqué à repeindre tous les murs, pendant les grandes vacances. Il a effacé les inscriptions du passé,

Elle

tout est oublié. Maintenant, il s'apprête à enclencher le système automatique de sonnerie.

Des nuées d'enfants se rassemblent devant la salle de classe. Chacun choisit rapidement son voisin. Pour ma part, je m'installe à côté d'une « nouvelle ». Une longue fille qui paraît beaucoup plus âgée que moi. Qui a la peau curieusement blanche, un visage fermé. Ses yeux brutalement clairs ne laissent échapper aucune émotion. Elle ne m'adresse pas la parole et se contente d'extirper de son cartable quelques feuilles quadrillées, une minuscule trousse grise.

Un murmure s'élève dans la salle, puis s'éteint.

Elle est entrée, élégante, le corps moulé dans un petit tailleur rayé rose.

Elle a dit, remplissez tous une demi-feuille de papier, avec vos nom, prénoms, adresse et tout ce que vous avez l'habitude de noter, le premier jour. Que je puisse vous connaître un peu mieux. Je suis, quant à moi, votre professeur de français. Mon nom est inscrit au tableau.

Puis, dans le silence griffé par les plumes qui courent sur les lignes bleues du papier, elle se promène dans la salle, examine attentivement chacun d'entre nous.

Son regard s'est alors arrêté sur mon visage, l'a effleuré lentement, à petites touches furtives.

Du haut de mes quatorze ans, j'ai su que plus rien ne serait comme avant, désormais, avec ce regard en moi. Immédiatement, je l'ai soupçonné, cet amour. Un seul de ses gestes, un seul de ses sourires, un seul de ses mots l'incrustaient déjà en moi.

Et je savais qu'il ne me quitterait plus.

Séparées

Malgré le temps qui n'arrange rien, malgré la distance, malgré tout.

Ensuite, elle a détaillé le programme de français qui serait étudié tout au long de l'année. Je n'écoute plus les mots qui sortent de sa bouche, sa petite bouche rose, de ses lèvres minces, imparfaites, tellement douces à imaginer.

Je me laisse dériver. Je me détache du réel.

Qui est-elle? Pourquoi sa présence, si brève pourtant, m'obsède-t-elle déjà, dès la première heure, dès le premier regard?

Lorsqu'elle passe près de moi, sans raison, je m'empourpre. Mes doigts se crispent, mon corps se fige, comme paralysé par elle.

Ma voisine semble percevoir mon désarroi.

Elle dit, je m'appelle Sylvie. Je ne connais personne ici. J'arrive de Bretagne. Mon père travaille dans l'armée et il a été muté sur la Côte d'Azur. Quelque chose ne va pas?

Si. Tout va bien.

La cloche vient de retentir. Fin de la première heure de français.

Sylvie me fait signe de l'accompagner, dans la cour d'école.

Au fil des mois, ce que je prenais pour une simple admiration se transforme en une nécessité absolue

Elle

de la voir, chaque jour, chaque heure, chaque instant. Déjà, je suis incapable de me détacher d'elle. Pour qu'elle me remarque, je travaille le français avec une sorte d'acharnement. Je ne fais plus que cela.

Au second trimestre, elle rend les copies de la composition de grammaire. Silence dans la salle de classe, surtout quand elle parle.

Elle constate, ce n'est pas très brillant, dans l'ensemble. Une exception...

Sylvie, qui est un peu devenue une amie, un peu seulement, à cause de mon secret que personne, non personne, ne doit connaître, obtient 14/20, deuxième de la classe.

Enfin, dans sa main frêle, longue et légèrement crispée, ne reste plus qu'une copie, la mienne.

Elle dit, c'est la meilleure, presque parfaite : 17/20. C'est très bien. Continuez. Car le plus difficile, en français comme dans les autres matières, c'est de poursuivre un effort.

Je capte son sourire. Je me l'approprie. Jalousement. Quelques murmures glissent entre les rangs, lorsque je rejoins ma place. « Tu as vu, c'est la préférée, maintenant. Tous les jours, elle change de tête ! »

Préférée, première, parfaite. Meilleure note.

J'ai la tête qui tourne, pleine de mots qui s'enchevêtrent. Je voudrais sortir, respirer la fin de l'hiver dans la cour désertée. Quitter mon corps, à jamais. Mais elle est là, debout, près du tableau noir. Elle poursuit, la semaine prochaine, vous aurez deux heures de composition française. Pour vous

Séparées

aider un peu, nous allons réviser. Qui veut commencer ?

Je m'écrase sur mon siège. Je me fais minuscule. Je me cache. Apparaître brutalement devant elle m'étourdirait, je le sais. Il n'y a pas de volontaire et ce n'est pas moi qu'elle choisit. Personne n'aime « passer au tableau », avec elle. D'autant qu'elle ne peut s'empêcher d'ironiser, quand vous vous trompez, quand vos fautes sont bêtes. On dirait que notre ignorance excite en elle des répliques cinglantes.

Alors, elle désigne du doigt une fille. Paralysée, Béatrice ne répond pas aux questions qui lui sont posées. Pourtant, un sujet est inscrit au tableau : « Racontez un fait divers. »

Elle dit, voyons, je vous ai expliqué la semaine dernière comment il fallait traiter ce type de sujet. Vous êtes muette ?

Béatrice se tait et se contente de mâcher nerveusement un chewing-gum.

Agacée, elle lance, cela ne vous gêne pas, ce que vous avez dans la bouche ?

Rires étouffés dans la salle de classe. Béatrice répond non, cela ne me gêne pas.

Retournez à votre place et jetez-moi cette horreur au panier. Vous avez encore beaucoup à apprendre, mademoiselle, et je devine déjà la note que vous obtiendrez la semaine prochaine.

Béatrice, rouge de honte, promet de se venger, un jour, quand elle sera grande.

Moi, je lui en veux de cette violence, de cette haine. Car ces sentiments m'appartiennent aussi.

Et rien, dans ce que cette fille murmure entre ses

Elle

dents, ne pourra chasser l'image, l'image que j'ai d'elle dans ma mémoire.

Sylvie et moi sommes demi-pensionnaires. Après le déjeuner, pendant la grande récréation, nous nous promenons ensemble, et au crissement de nos pas sur le gravier se mêlent les bruits incessants qui fusent dans la cour.

Sylvie s'ennuie, sur la Côte d'Azur. Je la laisse parler de sa nostalgie, ce qui me permet de la diriger sournoisement vers la salle des professeurs.

Sylvie me sert d'alibi. J'espère ainsi, chaque jour, voir arriver mon professeur de français. J'espère lui ravir un peu de son parfum, de son allure, de sa démarche souple.

Et quand elle arrive, jamais elle ne me voit. Mais moi, je sais que je lui vole un peu de sa présence, que je me fonds dans ses pas, que son regard, toujours ce regard, coule entre mes cils, glisse sous ma peau.

Je n'entends plus Sylvie qui, tristement, se plaint de la méchanceté des garçons de la classe.

Tu m'écoutes, à la fin? Ou bien es-tu, toi aussi, totalement indifférente?

Je réponds non, pas indifférente. Seulement dans les nuages.

Elle continue, tu sais, je les trouve prétentieux, les garçons de la classe et pas uniquement à cause de leurs moqueries. Je pourrais leur en vouloir de m'appeler « planche à pain ». Je pourrais les détester, oui. Mais je refuse d'entasser en moi des sentiments. Je garde tout pour mon océan, mon ciel ravagé de Bretagne, mes marins aux joues creuses qui ont l'habitude de la mort.

Sylvie s'enfonce à présent dans le mutisme. L'heure tourne. Quant à moi, c'est elle que j'attends toujours.

Pendant des semaines, j'ai reconstitué son emploi du temps et je sais qu'elle a cours, à 13 h 30, avec la classe des quatrième. Après, ce sera notre tour. Deux heures de composition française.

Au fond de moi je me jure d'obtenir, cette fois encore, la meilleure note. Je veux m'emparer de ce sourire qu'elle libère lorsqu'elle me tend ma copie, sans qu'elle se doute de cet amour en moi.

13 h 10. Sylvie me pince le bras. Que prétend-elle encore raconter ?

Je la regarde, déçue de ne rencontrer que son image. Sylvie, trop grande, trop plate, au front trop immense, au visage trop triangulaire, aux boutons sur les joues.

Elle dit qu'en Bretagne un garçon roux l'attend. Un qui ne la trouve ni grande, ni maigre, ni laide. Un comme elle. Elle jure qu'il sera là, l'été prochain, au moment des grandes vacances, à guetter son arrivée, devant la maison de ses parents. Elle dit qu'il ne sera pas trop vieux, pas trop plein d'envie.

Je réponds que cet amour est beau, puisqu'il est partagé. Calme, aussi. Il lui évitera toute souffrance.

Elle hoche la tête et dit, plus tard, ce garçon-là deviendra mon mari.

Alors, chamboulée, remuée, écartée, je pense brutalement à elle. A son mari à elle. A cet homme

Elle

qui vit à ses côtés, qui peut l'aimer, s'emparer d'elle, l'embrasser, en toute liberté.

Sylvie insiste, oui, notre avenir à toutes, c'est le mariage, un beau mariage heureux, tu ne crois pas?

Si, bien sûr. Mais dans ma tête, les mots se cassent. Ils se cognent sauvagement. Inquiets. Ils m'agressent: femme, belle, corps, peau, visage, mains, cuisses, pubis, jambes, seins, épaules blanches, histoire blanche, elle, toujours elle.

Et puis, je songe tellement à elle, oubliant Sylvie et son marin breton, qu'elle finit par être là, devant moi, toute vêtue de noir.

Une grande joie me saisit, s'imprime en moi, gomme tous mes gestes.

Bien sûr, elle ne me voit pas et referme vite la porte de la salle des professeurs.

Dans le silence de la salle de classe, elle inscrit le sujet de composition française, sur le tableau noir. Ses doigts s'appliquent, lentement, forment les lettres, mettent la ponctuation, évitent le désagréable frottement de la craie sur le bois peint. Cette sensation de sable entre les dents. Elle s'écarte puis rejoint son bureau, sur l'estrade légèrement surélevée.

Je lis : « Décrivez un être cher. » Je pense, ce n'est pas possible de choisir un sujet pareil alors que tout me brûle dans ces mots, que tout me renverse dans la douleur.

Pas possible.

Pour éviter de la laisser s'emparer de mon histoire, ce qui me découvrirait aussitôt car cet être cher, cette chair en moi à décrire, c'est elle, je décide de ne faire aucun plan et d'entamer tout de suite la rédaction.

« Nous étions en vacances, sur les côtes de Bretagne. Mon frère jouait dans le sable et tentait d'attraper les crabes qui marchent de travers, comme des infirmes.

« Auparavant, il s'était juré de construire le plus grand château de sable du monde.

« Un garçon roux s'amusait avec lui et racontait à ma mère que plus tard il serait marin. Il verrait des milliers de dauphins piquer dans les vagues. Il chercherait des trésors enfouis dans la vase depuis des siècles. Il découvrirait des îles oubliées sur les cartes. Il s'impatientait d'être trop petit pour s'enfuir, à bord d'un immense bateau, sur la mer. Comme son grand-père, le Viking.

« Ma mère avait apporté, ce jour-là, des tomates et des œufs durs. Lorsque nous avions soif, il y avait aussi des pêches blanches.

« Puis une dame s'est assise près de nous. Elle était brune et belle. Elle a ouvert un livre de Jean-Paul Sartre et s'est plongée dans la lecture. Elle sortait quelquefois un crayon noir de son sac et soulignait des passages, en hochant doucement la tête. Elle ne mangeait pas. Elle ne se baignait pas. Elle tournait les pages de son livre et plissait légèrement les yeux. »

Satisfaite de ma première feuille, je lève les yeux.

Et je l'aperçois, elle, qui lit mon brouillon par-dessus mon épaule.

Elle

Elle se penche sur ma copie, sans dire un mot et, avec un feutre rouge, griffonne quelque chose.

Puis elle me sourit, d'un sourire qui semble créé pour moi, inventé pour me séduire, pour m'enlever à mes rêves d'enfant.

Sur la feuille de papier blanc, elle a noté : « N'oubliez pas la construction du récit. Le style est bon. Mais on vous demande de parler d'un être cher. Pas d'une rencontre émotive. »

Ce brouillon, je l'ai conservé. Je le garde toujours sur moi, comme une sorte de preuve d'amour.

Sylvie a cessé de me comprendre. Nous ne passons plus nos récréations ensemble, parce que je refuse de lui parler de mon secret. Et puis, elle a fini par me blesser, avec ses phrases innocentes. Elle la déteste, et cette haine-là ne peut que nous séparer.

Alors, j'ai décidé de m'enfermer, toute seule, du dedans. Au fil des jours, des mois et des trimestres, j'obtiens invariablement les meilleures notes de français. Au mépris de tous, je deviens aussi totalement incapable d'être heureuse.

Parce que mon bonheur, c'est elle, à chaque instant. Et ils sont si courts, les moments passés avec elle, si peu solitaires.

En même temps, je sais qu'il me faut me détacher d'elle. A chaque fois que je décide de l'oublier, de ne plus penser à elle, de m'égarer en acceptant de flirter, dans le jardin public, avec l'un des garçons de la classe, elle réapparaît, belle, pleine de reproches.

Elle semble dire, vous me trompez.

Je murmure non, je ne vous trompe pas. Je me défais de vous.

Elle

Je ne pouvais pas continuer de la garder ainsi, prisonnière de mon corps. Vous comprenez ? L'année scolaire s'achevait et je savais que je n'aurais plus jamais l'occasion de l'avoir : elle ne s'occupait pas des classes du second cycle.

Pendant les vacances d'été, j'allais mettre au point une stratégie infernale. Il me fallait l'approcher. Il me fallait lui parler.

Ce jour-là, je sais qu'elle a cours en face de ma propre salle de classe.

J'ai passé le premier trimestre de cette nouvelle année scolaire à l'épier, sans oser aller vers elle. Je m'étais persuadée que seul un bon motif de conversation pourrait me permettre de l'aborder.

Maintenant, j'ai pris ma décision et je serre entre mes doigts le motif, savamment préparé depuis deux mois déjà.

On vient de me rendre un devoir de français, particulièrement mauvais : 5/20. Le nouveau professeur ne m'enthousiasme pas et c'est volontairement que je l'ai laissé m'infliger la plus mauvaise note.

Je sors de la classe, mon devoir à la main. Le cœur en éclats, je m'approche d'elle, qui marche dans la cour d'école. Je lui dis bonjour.

Elle s'étonne, mais que devenez-vous ? Je lui réponds que je suis en classe de seconde et que je viens d'avoir une mauvaise note en français. Je lui affirme ne rien comprendre au commentaire composé, cet affreux exercice. Ne pourrait-elle pas m'en expliquer la technique, en cours particuliers? Elle me demande le nom de mon professeur. Elle dit, pourtant elle est bien, cette femme-là. Elle fait tout pour ses élèves. Bien plus que moi.

J'insiste, en lui montrant mon devoir, tout raturé de rouge.

Elle réfléchit. Je vous répondrai un autre jour. Il faut que je consulte mon emploi du temps.

Le soir, en rentrant chez moi, rouge d'excitation, je parle de mes mauvais résultats à ma mère. Je lui dis, tu vois, il faudrait que je prenne quelques cours particuliers. Juste pour bien comprendre. Tu sais, l'année prochaine, c'est le bac.

Ma mère sourit et accepte. Mais fais attention au prix des leçons.

Voilà. Puisque le lundi matin nous ne commençons qu'à 9 heures, j'ai pensé à ce jour-là. Nous pourrions nous rencontrer à 8 heures et demie. Car vous n'avez pas besoin d'une heure complète de cours par semaine. Je me trompe?

Je rougis et je dis d'accord.

Désormais, je passerai ma semaine, mon week-end, mes nuits, tant de nuits effilochées, à attendre le lundi, à guetter son arrivée, son premier parfum.

En même temps, je continue de l'épier, à chaque instant. Sylvie n'est plus là pour m'aider à justifier ma présence devant la salle des professeurs.

Maintenant, je suis seule. Ce n'est pas normal d'être seule, dans une cour d'école, pendant une

Elle

heure et demie chaque jour, assise devant une porte, puis fuyant dès son arrivée pour éviter de toujours l'excéder, avec ma présence sur son chemin.

Daniel, mon nouveau voisin, car Sylvie est repartie définitivement en Bretagne, me le fait remarquer. Pas normal, non. On dirait que tu attends quelqu'un. Et pourquoi toujours cette tristesse plaquée sur tous tes gestes?

Daniel, à l'inverse de Sylvie, me harcèle de questions. Mais pas d'ambiguïté, pourtant, entre nous. Il ne cherche rien d'autre qu'une amitié. Et l'amitié, pour lui, c'est un échange.

Moi, je ne donne jamais rien. Je garde tout pour elle.

Elle s'assoit à mes côtés, au lieu de prendre place, sur l'estrade, au bureau du professeur.

Elle demande, par quoi commençons-nous?

Puis, devant mon silence, elle entame une explication de commentaire composé : elle a choisi un poème de Verlaine. Elle parle de la musicalité du vers, du rythme un peu fou, de la sensualité partagée du poète, des images doubles. Elle dit qu'elle aime Verlaine et pas seulement pour son œuvre. L'homme aussi la séduit.

Et Verlaine devient pour moi, entre ses lèvres fines, une autre passion, parce qu'elle l'a choisi, ce premier lundi de solitude à deux. Choisi au milieu de tous.

Elle est si proche de moi, maintenant. Ses mains

Séparées

sont délicatement posées, bien à plat, sur ses cuisses que je devine fermes et blanches. Inconsciemment je l'imite, délaissant ainsi le cahier quadrillé et mon stylo à plume.

Elle dit, avec une moue mi-figue mi-raisin, mi fugue mi-raison, vous feriez bien de noter le plan que je suis en train de vous exposer. Il vous servira de modèle pour les autres commentaires composés. Et pour le baccalauréat, c'est très important.

J'écris de travers et ma main tremble stupidement, comme dans les mauvais romans d'amour où tout va mal, puis tout va bien, soleil radieux, baisers claquants, belles images au clair de lune, pour l'éternité.

Ce qu'il y a de plus terrible, c'est l'attente qui nous sépare sans cesse. Avant que le cours particulier ne débutât, je l'attendais. Maintenant qu'elle est là, près de moi, avec son parfum qui m'emporte, je l'attends encore.

Va-t-il se passer quelque chose, dans cette salle de classe déserte, alors que nous sommes seules ?

Totalement emmitouflée dans elle, j'imagine ses pensées. Bien sûr, dans mon rêve, elle aurait remarqué mon manège, qui dure déjà depuis plus d'une année. Bien sûr, elle ne serait pas insensible à tout cet amour que je lui porte, et que je porte, lourdement, dans mon corps.

Mais elle me trouve trop jeune. Bien trop jeune encore pour me glisser entre les draps de son lit. Car je sais qu'elle a aimé d'autres femmes, qui ne me ressemblent pas. Je sais qu'il s'agissait d'histoires brèves, sans suite, au revoir, mon mari rentre dans

Elle

une heure. Non, il est préférable de ne plus nous connaître.

Et puis, je l'énerve, c'est certain. Car les autres femmes l'ont enlevée, enveloppée de leur désir, caressée, mordillée, épousée, griffée. Elles ont plongé en elle pour quelques heures puis ont disparu.

Non seulement cela, mais je me doute que j'incarne l'image inverse de ce qu'elle recherche. Elle aime, je le sens sous sa peau, les corps gracieux, féminins, hanches droites, petite poitrine, jambes lisses, visages triangulaires, cheveux blonds, silencieuses quand elle les prend, quand elle les viole dans son lit, lèvres serrées.

Moi, je suis petite, potelée, forte poitrine pour mon âge, visage rond, mains charnues, sans expérience.

Et je crierais si elle me prenait là, dans la salle de classe.

Au fil des semaines, rien de ce que j'espérais secrètement ne se produit. Notre relation stagne, s'épluche de l'intérieur. Pas un mot n'est prononcé.

Un jour, elle me donne rendez-vous, dans la cour d'école. Elle me rend un devoir. C'est très bien. Soyons honnêtes : vous n'avez pas besoin de cours particuliers. Restons-en là, vous voulez bien ?

Cette nouvelle m'assomme. Je fais un signe de tête, en examinant la dissertation trop bien réussie. Je me demande comment, désormais, je pourrai l'aborder sans paraître suspecte. J'aurais voulu que ces lundis durent, sans me soucier du temps, rien que pour la voir, rien que pour la sentir là, à quelques centimètres de moi, avec son corps de femme, ses mains de femme, ce désir que je lui prête.

En rejoignant Daniel dans la salle de classe, je ne peux retenir mes larmes. Nous avons cours d'histoire. Le professeur, une femme elle aussi, remarque ma tristesse mais se tait.

Daniel me pose des milliers de questions. Que se passe-t-il? Pourquoi ce chagrin qui t'arrache le cœur?

Je murmure que j'aime quelqu'un, mais qu'en même temps je n'ai pas le droit de l'aimer. C'est interdit, tu comprends?

Il dit, rien n'est interdit puisque tu souffres. Ce soir, nous en discuterons ensemble, tu veux bien? Nous irons au café, celui que tu préfères, en face de l'arrêt d'autobus. Et puis, tu me parleras de ton secret, c'est d'accord?

Sans réfléchir j'accepte, sous l'œil inquiet de notre professeur d'histoire. Je demande à Daniel pourquoi elle me dévisage ainsi.

Il répond, c'est une femme extraordinaire. Je l'ai déjà rencontrée, avec quelques autres, en dehors des heures de cours. Elle nous a invités mercredi prochain à déjeuner chez elle. J'apporterai des pizzas. Tu peux venir aussi. Je lui en parlerai tout à l'heure. Il n'y aura pas de problème. Si tu veux, tu te chargeras du dessert. Jean-Jacques viendra aussi et il jouera de la guitare. Tu seras bien, avec nous. Bien mieux que dans ta chambre, à ruminer tes histoires.

Daniel insiste tellement que je finis par céder.

Le soir, nous nous retrouvons devant un café noir, fumant cigarette sur cigarette, les doigts noués.

Elle

Désarmée par son sourire qui semble tout comprendre, je lui raconte mon secret, cet amour qui me ronge depuis si longtemps.

Au même moment, je regrette déjà de m'être ainsi livrée et je m'aperçois que plus Daniel m'écoute, plus je m'imprègne d'elle, plus je m'enfonce en elle, plus je deviens elle.

Il demande, es-tu certaine de l'aimer, comme on aime au cinéma, comme une femme et un homme peuvent s'éprendre l'un de l'autre?

Je dis oui. Par exemple, si j'imagine des milliers d'histoires, en trente secondes, toutes auront pour sujet cet inévitable amour que j'ai d'elle.

Daniel me prend au mot, donne-moi un exemple sans réfléchir.

Eh bien ceci : « Ce matin, je suis passée près d'elle. Elle ne m'a pas vue. Elle ne s'est pas arrêtée. Elle ne m'a pas demandé si j'allais bien, si j'avais eu de bonnes notes avec mon autre professeur de français. Elle ne m'a pas souri. Elle ne m'a pas regardée, de ses yeux étonnamment noirs. Mais elle m'a bien troublée, tout de même. »

Ou alors, seconde histoire : « En réalité, elle m'a vue. Elle s'est approchée de moi. Elle m'a demandé si le français marchait bien, maintenant. Elle m'a regardée, a trouvé mignonne ma nouvelle coupe de cheveux. Puis elle a dit, excusez-moi, maintenant, j'ai un cours et je suis déjà très en retard. A une prochaine fois, peut-être. »

Ou alors, troisième histoire : « Je l'ai attendue. J'avais préparé un discours sur mes notes de français, devenues bien meilleures. J'étais allée chez le coiffeur, en espérant qu'elle le remarquerait et qu'elle me dirait qu'elle trouve mignonne ma nouvelle coupe de cheveux. Elle est passée rapidement devant moi. Elle a dit bonjour, sans s'arrêter. Après tout, pourquoi se serait-elle arrêtée? »

Daniel me coupe, inutile de poursuivre. Je suis certain qu'il ne s'agit pas là d'histoires imaginaires. C'est la réalité que tu caches, à grands coups de phrases inutiles.

Après un long silence entre nous, il se met presque en colère. Cette femme joue avec toi et cela me fait mal. D'ailleurs, elle en a la réputation, et tu dois être la seule ici à l'ignorer.

Je dis non, je n'ai jamais rien entendu de pareil.

Il continue. D'autres professeurs lui ont déjà parlé d'elle. Et je ne suis pas sa première victime. Si elle ne t'a pas encore proposé de coucher avec elle, c'est que tu es trop jeune! Les autres filles qu'elle a eues étaient toutes en terminale. C'était pratique. L'année suivante, elle ne risquait pas de les retrouver, ni d'avoir à affronter le moindre scandale.

Je dis, tu mens. La preuve, elle n'enseigne pas en terminale.

Oui, mais avant, elle y enseignait. C'est à la suite de certaines plaintes de parents mécontents qu'on l'a affectée aux classes de premier cycle.

Je répète, tu mens. Ce ne sont que des rumeurs, de mauvaises rumeurs qui salissent tout. Je n'en crois pas un mot, je ne veux pas y croire.

Mais secrètement, au fond de moi, au lieu de me révolter cette rumeur m'enchante. Donc, il se peut qu'elle aime les femmes. Il me suffit de vieillir un

Elle

peu pour avoir une chance d'obtenir d'elle une nuit d'amour.

Daniel devine mes pensées. Je n'aurais pas dû te raconter toutes ces histoires. Maintenant, tu vas être folle d'espoir. Encore plus folle qu'avant.

Je coupe, ce n'est pas la peine d'essayer de la chasser de moi. A moins que tu n'aies envie de te fâcher avec moi.

Daniel acquiesce. Il refuse que cette femme détruise notre amitié.

Maintenant que Daniel connaît toute mon histoire, je suis contrainte de me cacher pour l'épier. Car il ne comprendrait pas ce désir que j'ai de me faire mal en recherchant les regards indifférents qu'elle laisse lourdement tomber sur moi. De plus, par amitié, je lui ai promis de laisser la distance s'installer peu à peu entre elle et moi, et de m'accorder au moins une chance de l'oublier.

Daniel prétend que l'absence est un bon remède. Moins tu la verras, plus tu t'intéresseras aux autres!

Mais je ne parviens pas à tenir mes engagements.

Pendant les récréations, brusquement, je quitte mon ami, prétextant n'importe quoi, des affaires oubliées dans la salle de gym, une envie pressante, une copine à rencontrer d'urgence pour un devoir de mathématiques auquel je ne comprends rien.

Et, cachée derrière un arbre, face à la salle des professeurs, j'observe. Le goût de l'interdit me permet toutes les audaces. Quelquefois, les rideaux ne sont pas tirés, et je l'aperçois, visage penché sur des copies à corriger. Elle ne sait pas que je la gobe tout entière, de mon désir en liberté. Elle ignore que pour elle je me suis mise à écrire des poèmes. Comment pourrait-elle s'en douter ?

Et brusquement, tandis que je songe à mes poèmes, une idée germe dans ma tête. Accepterait-elle de m'aider à progresser dans l'écriture ?

Il est trop tard, pour cette année. Les vacances d'été sont déjà là. Mais cet espoir nouveau voyage dans ma tête. Il me tiendra en haleine jusqu'à la rentrée.

Un jour, c'est l'automne. Je fais semblant de lire, dans la cour d'école, placée sur son chemin.

Elle s'arrête et me dit bonjour. Elle paraît disposée à me parler. Comment vous débrouillez-vous maintenant en français?

Je lui dis que je viens d'obtenir la meilleure note en dissertation.

Elle me félicite.

Heureuse de la retrouver quelques minutes, j'oublie de lui parler de l'essentiel. Elle va s'en aller. Ses élèves s'impatientent et elle est déjà très en retard.

Je lui crie, attendez. J'écris des poèmes. Et je me demandais si vous accepteriez de les lire, de me donner votre avis, quelques conseils.

Elle répond, bien sûr, un autre jour. Apportez-moi vos textes. Nous en discuterons ensemble, pendant les récréations.

Le lendemain, je me poste à nouveau sur son passage. Elle n'est pas surprise de me trouver là, peut-être un peu agacée. Inquiète, je lui tends mes œuvres.

Elle

Bien. Je n'ai pas le temps, aujourd'hui. Dans quelques jours, je vous dirai ce que j'en pense.

J'attends tous les jours, mais elle ne vient pas. Son absence me met hors de moi. Même Daniel évite de me poser la moindre question. J'enrage, je trépigne, j'imagine ses commentaires, ses critiques, son refus de me rencontrer et de m'aider.

Une semaine plus tard, elle est là, devant moi, alors que je n'espère plus rien. Elle dit, venez, j'ai certaines choses à vous dire. Elle prétend que j'ai un don. Elle en est convaincue. Un vrai don pour la poésie. Mais il faut travailler, beaucoup travailler, user les mots. Elle m'aidera, car elle tient à ce que je réussisse.

Ainsi, une fois par semaine, elle me donnera rendez-vous dans la cour de l'école, sur un rebord de fenêtre, pour discuter de mes textes. Jamais elle ne commentera, c'est bien, ou c'est mauvais. Elle comptera froidement les pieds des vers. Elle dira, je refuse de vous influencer dans la création des images. Il faut soutenir votre rythme, l'alléger. La prochaine fois, vous m'écrirez un sonnet, n'est-ce pas?

Rien d'autre. Elle se montre obstinée, acharnée sur le respect de la métrique.

Entre nos rencontres, je ne peux pas dire que je vis. Par vie, j'entends agitation, tumulte, méprises, bonheur, occupé, débordé, amitiés, cinémas, bars, rencontres amoureuses, bouches à saisir.

Bien sûr, j'ai des flirts. Daniel se charge de m'en

Séparées

trouver. Jusqu'au baiser, je me sens bien. Je me blottis au creux du corps de l'autre, yeux clos. Je voudrais que cet autre ne bouge pas, qu'il ne dise rien. Qu'il reste là, à me tenir fort contre lui, pour me rassurer et m'empêcher de penser à elle. Mais invariablement, le charme se brise.

Un après-midi, je m'endors dans les bras du garçon du moment. Nous sommes dans sa chambre désordonnée. Je ne suis pas nue. Lui non plus. Nous sommes seulement enlacés. Sa main s'aventure sous mon chemisier. Je la retiens. Pourquoi gâcher ce doux moment?

Il s'énerve, ne fais pas semblant de ne pas comprendre ce que je veux.

Je réponds, je ne veux pas coucher avec toi.

Il dit, qui te parle de coucher. Il guide ma main sur sa braguette. Son corps est vaste, sauvage comme un animal qui guette sa proie. Effrayée, je m'arrête de le caresser.

Il ordonne, surtout continue.

Puis il me demande de le suivre, dans le cabinet de toilette, pour terminer.

Après, j'ai pleuré. J'avais les mains souillées du plaisir de ce garçon. Verlaine dans ma tête était oublié. Et elle, dans mon rêve, belle, pure, avec toute sa grâce, toute son absence de désir.

Elle, le contraire de ce que je venais de vivre.

Un matin, en me rendant mon dernier cahier de poèmes, elle dit, je ne peux plus rien pour vous, maintenant. Il faut voler de vos propres ailes.

Elle

Je me mords les lèvres. Elle me quitte. Je ne trouverai pas cette fois d'autre prétexte pour la rencontrer.

Elle répète, vous m'écoutez? Je savais bien que vous rêviez encore! Je vais partir, dans un mois ou deux, sans doute. Je vais avoir un enfant et je ne veux prendre aucun risque pendant ma grossesse.

Je suis consternée. Un enfant, preuve de l'existence de son mari, de l'homme qui vit à ses côtés, preuve de sa soumission à lui.

Je ne lui en veux pas, curieusement, de m'avoir trompée. Alors que je suis restée si pure, en l'attendant. Non, je lui en veux de cet être qui s'est installé entre nous, qui lui dérobe déjà toutes ses pensées.

Avant qu'elle ne s'échappe définitivement, je veux lui dire que je l'aime, que je ne l'ai jamais trahie. Que je continuerai à l'attendre, comme avant cet enfant.

J'écris un poème et le lendemain, dans la cour d'école, je le lui remets en lui disant, c'est pour vous.

Puis je m'enfuis, jambes à mon cou, écartelée.

Grâce à la complicité de Daniel et à force de la chercher, elle, j'ai découvert son numéro de téléphone, son adresse. Également la marque de son parfum.

Immédiatement je m'en suis acheté un flacon, car il fallait qu'avant son départ si proche je capte tout ce qui pouvait me rappeler sa présence.

J'attends quelques jours avant de lui demander ce qu'elle pense de mon poème, écrit pour elle.

Séparées

Inquiète, je refuse de rester chez moi, enfermée dans ma chambre, à imaginer des histoires noires. Je dis à Daniel, et si nous faisions un goûter, en invitant notre ancien professeur d'histoire. Il pense que c'est une bonne idée. Le professeur aussi.

Nous nous retrouvons une dizaine, dans son petit studio de la vieille ville, à chanter sur des airs de guitare que joue Jean-Jacques.

A un moment donné, nous sommes seules dans la cuisine. Le professeur s'adresse à moi : je te connais un peu, maintenant. Et j'aimerais pouvoir t'aider à te sortir de cette histoire affreuse. Je m'empourpre violemment. Quelle histoire ? Je ne lui ai jamais parlé de rien. Daniel aurait-il été indiscret ?

Elle continue. Ne t'inquiète pas, personne ne m'a rien dit. Mais je sais que tu as écrit un poème pour elle. Je ne l'aime pas, cette femme-là. Lorsque je suis entrée dans la salle des professeurs, elle lisait le poème en question. Tout le monde l'a lu. Et quelqu'un a dit, c'est un joli poème d'amour.

Je suis stupéfaite, morte de honte, et en même temps je ne peux croire qu'elle ait osé montrer ce texte à d'autres.

Immédiatement, l'événement en moi devient immense. Je les imagine, tous, le doigt pointé sur moi, se moquant de mon amour, me dévisageant dans la cour.

Devant mon désarroi, le professeur pose une main sur mon épaule. Elle dit que cette femme est dangereuse, qu'elle a déjà détruit beaucoup d'élèves, qu'elle profite de l'instabilité de l'adolescence pour

Elle

devenir un objet de culte. Car ce qu'elle aime, c'est se refléter dans le désir des autres, qu'on la trouve belle. Elle cherche à se rassurer, tu comprends? Et je ne te parle pas du reste.

Je dis assez. Je ne veux plus rien entendre. Je veux partir d'ici, faire comme si vous ne m'aviez rien révélé.

Elle me retient. Non, je ne te laisserai pas partir. Pas maintenant. Écoute-moi. Tu dois cesser de la voir. Elle t'attirera les pires ennuis. Si la directrice apprend que tu as écrit un poème pour elle, surtout un poème d'amour... Tu te rends compte? Je dis non, je ne me rends compte de rien. Qu'ai-je fait de mal? Elle rougit à son tour. Mais tu ne comprends pas. Tu es une femme. Et elle est une femme. Des choses comme cela, ça ne doit pas exister. Et tes parents, tu as pensé à tes parents?

Je secoue la tête.

S'ils apprennent le sentiment que tu éprouves pour elle, ça les tuera! Ta vie ne doit pas prendre ce sens-là. C'est l'autre route qu'il te faut choisir. Si tu te trompes maintenant, il sera trop tard ensuite pour reculer.

Je ferme les yeux. Je ne peux pas imaginer que mes parents m'interdiraient de l'aimer.

Elle se contente de sourire. Elle murmure, je souhaite seulement que tu aies raison.

Alors, fâchée, humiliée, presque convaincue de sa trahison, je décide de ne plus l'aimer.

Non, je ne chercherai plus à la revoir. Non, je ne lui parlerai plus, même si elle m'accoste.

Séparées

Daniel s'inquiète.

J'ai tenu ma promesse mais j'ai perdu trois kilos en une semaine. De grands cernes noirs alourdissent mon regard. Je ne parle plus à personne et refuse toutes les invitations.

Je ne la guette plus, derrière mon arbre, et j'ai déchiré le calepin sur lequel j'avais reconstitué son emploi du temps.

Dans ma tête, les mots qui m'ont tout révélé se cognent encore.

Bien que l'évitant soigneusement, un soir, sur le chemin qui mène à la sortie de l'école, deux longues semaines après « l'événement », je la trouve à mes côtés.

Je ne lui dis pas un mot mais je ne peux m'empêcher de lui sourire.

Elle effleure mon épaule de sa main blanche, se penche vers moi et demande, alors, on boude toujours?

Je réponds que je ne boude pas et lui explique rapidement les raisons de ma fureur, sa trahison, le poème gâché par tous les regards. Elle est stupéfaite. Qui vous a raconté cela? Je ne comprends pas. Je n'ai parlé de ce poème à personne. A l'exception de ma meilleure amie, un professeur d'anglais. Elle a seulement lu par-dessus mon épaule et a dit, c'est un joli poème d'amour! Mais je n'ai pas révélé qu'il était de vous, et je ne me suis pas moquée de vous. Vous me croyez, n'est-ce pas? Je tiens à ce que vous pensiez que je vous dis la vérité, parce qu'aujourd'hui, c'est mon dernier jour.

Je ne m'attendais pas à cette réponse et je raconte mensonge sur mensonge, alors qu'elle est là, si proche de moi, avec son enfant dans son ventre. Je lui dis, je vous admire beaucoup. J'ai seulement souhaité devenir une amie, pour vous. Pas un amour.

Elle paraît songeuse et m'accompagne jusqu'au jardin public. Elle répète, c'est mon dernier jour. Elle s'assoit sur le banc vert, me regarde. Elle me dit qu'elle n'aime pas les hommes.

Et moi, toute à ma peur, je réponds, et votre mari? Peut-être attendait-elle cette fois que je fasse le premier pas.

Mais je l'ai laissée partir, vide de courage.

Ensuite, le désert.

Les mois se sont à nouveau écoulés et je peux même dire que son absence prolongée a fait glisser dans l'oubli une partie de ma vie.

Non, je ne peux réellement vous décrire cette période. Tout ce dont je me souviens se situe plus tard, en classe de terminale, quelques semaines avant le bac. J'attendais son retour, puisque son enfant était né, quand j'appris avec stupeur qu'elle avait prolongé son congé. Elle ne reprendrait ses cours qu'à la prochaine rentrée, en septembre. Mais moi, je ne serais plus là. Malgré cette affreuse certitude, je continuais d'errer dans la cour à sa recherche.

C'est là que j'ai rencontré Laure.

Laure est bien plus jeune que moi. Elle est en classe de troisième. C'est un petit diable blond.

Nous traversons la cour, elle s'avance vers Daniel, l'embrasse sur les deux joues. Il dit, c'est Laure, une amie de ma sœur.

Laure plante sur moi son petit regard fauve. Elle paraît innocente, pleine de toute cette vie qui a cessé

Elle

de m'habiter et qui me donne la nausée. Ensuite, Daniel nous laisse seules.

Laure dit, je ne te connaissais pas, mais Daniel parle souvent de toi. Il prétend que tu es un vrai poète. Il t'admire beaucoup, tu sais.

Je souris. Non, Laure, je ne suis pas un vrai poète. J'ai seulement au fond du cœur une sale histoire qui dure et s'obstine à m'empoisonner le sang.

Elle demande pourquoi je lui raconte tout ça.

Oui, bien sûr. J'ai seulement cru te reconnaître. Je ne sais pas, tu as quelque chose de différent.

Elle m'emmène vers la sortie. La sonnerie vient de retentir dans la cour. Déjà des centaines d'élèves se précipitent dans la rue. Elle murmure, il ne fait pas encore nuit. Je crois que je pourrais obtenir la permission de prendre un café avec toi, maintenant. Si je la demandais, bien sûr. Mais je ne demanderai rien. Je viendrai avec toi, c'est tout. Et ce sera à cause de toi si ma mère me réprimande.

Laure rayonne. Elle a un petit visage ovale, des cheveux blonds et des yeux étonnamment bleus.

Bien qu'âgée d'une quinzaine d'années, Laure paraît physiquement davantage. Sous son chemisier, sa poitrine frissonne.

Que veut-elle donc de moi ?

Assise devant un café noir, elle allume une cigarette, lèvres entrouvertes, laissant échapper à chaque bouffée un mince filet de fumée blanche. Visiblement, elle tente de me faire croire qu'elle avale la fumée, sans succès.

Je lui demande pourquoi elle fume. Elle répond, parce que j'ai peur d'être trop jeune pour te parler, et trop vieille pour t'écouter. Trop loin de tout. Et surtout de la réalité.

Je ne comprends pas pourquoi elle est là, en face de moi, les yeux mi-clos, souriante.

Elle dit, en fait, je n'ai que peu d'amis. Pourtant, j'aime bien les amis. Ils font oublier que la vie est sans issue.

Sans issue ?

Oui, bouchée, cartonnée, déviée. Regarde la cour d'école, les professeurs désabusés, la directrice toujours en train de se plaindre de l'évolution des mœurs, de la société entière, nous tous, avec nos livres et nos cahiers, nos leçons à apprendre par cœur. Nous tous qui attendons, sans vouloir réellement grandir.

Je m'étonne. Tu parles comme un adulte. Tu as bien le temps de t'interroger sur le sens de ta vie.

Elle me coupe. Non, on n'a jamais le temps. Il s'effrite au moindre choc. Je sais, moi, que le bonheur ne peut pas être atteint.

J'insiste, si, il le peut. Quand on aime, sans avoir peur d'aimer.

Elle ne comprend pas. Elle, elle n'a peur de rien. C'est toi qui fuis devant tout. Les poètes, ça fuit toujours, non ?

Depuis, Laure m'attend chaque jour, dans la cour, pendant les récréations ou à la sortie de l'école. Elle me parle de cinéma, m'y emmène aussi quelquefois.

Elle

Elle demande toujours si j'aime le film et je dis oui, pour ne pas la froisser.

Mais lorsque je n'aime pas, elle le sent. Elle se fâche et prétend qu'entre amies le mensonge ne doit pas exister.

Déjà, dans la salle de classe, on chuchote sur notre amitié. Je suis en terminale et on se demande ce que je cherche, avec cette gamine.

Daniel, même, m'interroge. Je dis, ne t'inquiète pas, Laure m'apprend à pétiller. Elle me parle de livres que je n'ai jamais lus, de chansons, de la vie. Nous ne cherchons rien d'autre, rassure-toi. Car comment peux-tu concevoir un seul instant que je sois capable d'oublier mon unique amour ?

D'ailleurs, Laure ne m'empêche pas d'aller l'attendre, chaque soir, au jardin public, sur le banc où elle m'a avoué qu'elle n'aimait pas les hommes. Elle ne s'éteint pas dans ma mémoire, pire : je ne la chasse pas.

Tu sais, Daniel, l'année prochaine, elle reviendra. Mais je te le répète, il sera trop tard.

Une fois, Laure a tenu à m'accompagner au jardin public.

Elle allait s'asseoir près de moi, sur le banc verdâtre. J'ai dit non, violemment non, pas ici. Ici, c'est une longue histoire. La place est marquée, gravée de mots qui n'ont pas été prononcés. Juste murmurés. Des mots qui deviennent chaque jour plus pesants.

Séparées

Elle demande, quelle sorte de mots. Je ne connais que ceux qui blessent.

Non, il y a aussi ceux qui portent en eux l'indifférence, qui ne blessent pas, qui n'existent pas non plus et que l'on prononce pourtant, dans la lumière du soir.

Elle répond, il fait froid, maintenant.

Pourtant, c'est le début de l'été. Mais c'est l'endroit qui est glacé, froid comme du marbre, peut-être à cause de moi. A cause de cette absence de courage dans mon corps.

Un bref silence s'installe entre nous.

Puis elle retrouve sa gaieté. Elle dit qu'elle a un « fiancé » qu'elle rencontre chaque mercredi après-midi, ici même, dans le jardin public. Sur ce même banc. Il m'embrasse longtemps, il me caresse sous mon pull. Il a envie de moi, mais moi j'ai un peu peur.

Je n'ai même pas entendu la fin de sa phrase, ahurie.

Je me lève brusquement. Fini, tu entends? Tu ne l'embrasseras plus ici. Ce banc m'appartient. Sache que tes baisers me blessent. Sache qu'ils blessent quelqu'un d'autre. Quelqu'un qui m'est cher et que je ne peux oublier.

Elle murmure pardon, elle ne pouvait pas savoir que j'aimais si fort ce garçon.

Je rougis violemment, mais elle continue, avec une terrible insouciance.

Elle demande pourquoi le garçon que j'aime n'est pas avec moi. Du moment que je l'aime si fort, il ne peut pas ne pas m'aimer.

Elle

Je dis non, rien ne se passe comme dans les films. Et puis, je n'ai plus envie de parler de moi, tu comprends?

Laure baisse les yeux. Elle croit que je suis fâchée. Je secoue la tête.

Alors, invite-moi chez toi, mercredi après-midi.

Et ton « fiancé »?

Elle répond, je l'ai inventé, pour te connaître mieux. Mais un jour, il existera pour de bon. Et il m'emmènera très loin. Car ce qui me hante le plus, dans mes nuits de silence, ce sont les cris de plaisir que pousse ma mère, quand mon père la prend.

Je la réprimande. Tu ne devrais pas écouter ces choses-là.

Je ne les écoute pas. Elles viennent toutes seules, dans mon lit, me saisir brutalement. Et je sais que mon corps, bientôt, se donnera à un homme. Un homme plus fort que tous les autres, qui me transpercera de son désir et fera de moi une femme.

Je dis, arrête, avec ton désir. Tu ne sais pas ce qu'il est ni comment il vient.

Malgré tout, Laure me surprend, me remue.

Il est tard, dans le jardin public. Autour de nous déjà s'égrènent des fleurs de nuit.

Un soir, quelques jours avant le bac, Laure me dit viens, il faut te changer les idées, allons danser. Tu demandes l'autorisation à tes parents et tu viens passer le week-end chez moi. Mon cousin nous accompagnera au bal.

Séparées

Sans la moindre hésitation, j'accepte.

Le cousin conduit une grosse Peugeot. Nous arrivons. C'est la fête. On nous sert de l'alcool. Je danse, je vire, je tourne. J'embrasse un garçon qui veut m'attirer dans un coin sombre. Je remue la tête. Je ne veux pas laisser Laure toute seule. En fait, elle me regarde flirter avec le garçon. Il y a de la haine, tout au fond d'elle. Elle n'a pas trouvé de compagnon. Laure est jolie, pourtant. Laure est comme du champagne. La fête continue, sous les lumières multicolores.

Mais Laure à présent tient à rentrer.

Le cousin accepte de nous reconduire chez elle, dans sa grosse Peugeot. Laure insiste pour monter derrière avec moi.

Le paysage glisse lentement dans la nuit. Nous sommes seuls sur la route qui bientôt n'est plus éclairée que par les phares de la voiture. Laure a la tête renversée.

Sans raison, elle me prend la main. J'ai très chaud. L'alcool, sans doute. Laure lâche ma main et glisse la sienne entre mes cuisses.

La maison, le village de Laure sont encore loin. Le cousin, dans l'obscurité, ne semble rien soupçonner.

Elle me caresse, c'est doux. Je suis toute chiffonnée. Un corps de femme près du mien, une femme qui me caresse. Elle déboutonne mon pantalon, se faufile, habile. J'ai un peu honte de l'avidité de mon corps qui s'éveille au désir. Puis, bravant le rétroviseur du cousin, elle me prend la nuque, m'embrasse, violente, déchaînée.

Elle

La voiture s'arrête devant la porte de la maison. J'ai très peur, maintenant. Je n'aime pas Laure. Mais elle me veut. Elle m'ordonne de la rejoindre dans sa chambre, sans faire de bruit. Immédiatement. Elle dit, tu dors dans mon lit.

Puis elle se déshabille. Je reste là, les bras le long du corps. J'ai le cœur qui éclate.

Enfin, je comprends que même si je ne l'aime pas je la désire de tous mes sens.

Je glisse dans ses draps bleus, mes mains ne tremblent plus. Je grignote chaque parcelle de son corps. Je savoure. Enfin, je me libère de toutes mes questions.

Enfin, le plaisir m'emporte, d'une rare violence, long et douloureux.

Première fois.

Il est 4 heures du matin. Vite, il faut que je retourne dans ma chambre. Vite, avant de m'endormir, quitter Laure, déjà détournée.

Le sommeil m'enlève.

Le lendemain, Laure m'appelle à nouveau dans sa chambre.

Je l'étreins, je la saisis, je l'agrippe. Peut-être qu'elle est en train de me guérir de l'Autre, après tout. Peut-être que je pourrais commencer à l'aimer un peu.

Très vite, Laure devine que je me laisse glisser dans la tendresse. Elle ne veut pas de cet amour.

Séparées

Tu te souviens, je te l'ai déjà dit, sur le banc, dans le jardin public.

Laure veut juste du plaisir. Et elle veut bien continuer avec moi si j'oublie les sentiments.

Laure dit qu'un jour elle aura des hommes pour la faire jouir. Beaucoup d'hommes. Elle dit que je suis perdue. Que c'est écrit, là, dans mon corps. Elle prétend que nous aurions pu nous rencontrer encore, dans sa chambre ou ailleurs.

Mais que déjà, ce soir, je roule des yeux de poète. Et la poésie, c'est l'amour.

Elle ajoute, l'autre jour, sur le banc, tu as encore menti. Ce n'est pas possible que tu aimes un garçon, avec ce désir que tu as de mon corps. Pas possible.

Je me détourne. Laure, je ne te verrai plus. Je serai peut-être un peu triste, une journée ou deux, mais tellement heureuse d'avoir appris à me connaître.

ENSEMBLE

Après Laure, j'ai cru que j'étais guérie d'elle, pour de bon.

Le matin, en me réveillant, je ne me sentais plus éprise d'elle, le cœur démoli par son absence, et j'ai même réussi mon bac en juin, avec mention.

Le corps de Laure quand elle se donne, le sourire de Laure, les mains de Laure quand elle a peur, quand elle redoute de sombrer, elle aussi, dans l'amour, me réchauffaient la mémoire.

J'allais maintenant poursuivre mes études. D'immenses vacances s'ouvraient devant moi, car les cours à l'Université ne commençaient qu'en octobre.

Après Laure, malgré Laure, j'ai voulu écrire un roman, pour achever définitivement mon histoire, la clôturer dans le temps, la sceller par une date. J'avais une foule de petits personnages dans la tête qui ne demandaient qu'à s'exprimer, en toute liberté, sous ma plume.

Elle

Alors, je suis sortie dans la rue, pour acheter un cahier quadrillé. Mais une fois rentrée chez moi, je suis restée stérile, devant ces images floues, ces heures indéfinissables, toutes ces heures que je sentais mortes, égrenées, clairsemées, usées, toutes ces heures passées à l'aimer, elle.

Les mots se figeaient dans ma tête.

Pour m'aérer l'esprit, je suis allée me promener sur la plage. La mer dévorait les galets, le sable brun, les coquillages morts, désertés. Des enfants construisaient des châteaux de sable, d'autres jouaient dans l'eau, lèvres violettes, sourcils chargés de sel. Il me sembla soudain que le mouvement des vagues, stupide dans sa régularité, ravivait en moi comme une blessure mal cicatrisée.

Et à nouveau, violemment, brutalement, elle a pris possession de moi.

Belle, immense, sauvagement tenace.

Elle est entrée en moi, alors même que le vent chaud de l'été se décidait enfin à rider la mer en petites fronces imperceptibles.

Tout, je revoyais tout.

La dernière scène du banc, lorsqu'elle avait prétendu ne pas aimer les hommes, ses mimiques, son regard noir, son incertitude lorsqu'elle s'est penchée sur moi pour lire par-dessus mon épaule, un jour de composition française.

Vite, il fallait échapper à cette image-là, fuir la mer, les enfants sur le sable, le goût salé de ma première rencontre avec elle, dans la salle de classe.

Mais trop tard. Elle était en moi, creusée, intériorisée, presque engluée dans ma chair.

Je me suis enfermée. Ma mère a frappé doucement à la porte de ma chambre : pourquoi restes-tu ici, avec ce beau temps, alors que des milliers de Parisiens s'entassent sur les plages ?

Je ne réponds pas, tête baissée.

Elle continue. Tu es bizarre, en ce moment. Où sont tes amis ?

Je réponds que Daniel est en vacances, en Italie.

Mais les autres ?

Je dis, quels autres ?

Elle hausse les épaules, pensant que je suis une fois de plus de mauvaise humeur, et me laisse à mon désarroi.

Et ce désarroi devient comme une flaque de boue, qui s'agrandit, qui m'engloutit.

Assise derrière mon bureau, stylo à plume entre les doigts, je cherche ma première phrase.

« Chère Madame. » Non, trop conventionnel, trop lointain.

Mais que lui écrire ? Il faut pourtant que je lui dise, que je la voie, qu'elle accepte de me rencontrer, maintenant que son fils est né, que plus rien ne peut empêcher mon désir d'éclater dans le sien.

« Chère Madame

« Sans doute ne vous souvenez-vous pas de moi. Je n'ai été qu'un visage parmi tant d'autres, dans une salle de classe, puis dans une cour d'école.

« Mais après tout, vous devez quand même avoir

en mémoire notre dernière entrevue, sur ce banc verdâtre, dans le jardin public.

« Vous vous rappelez peut-être mes poèmes.

« Plusieurs nouvelles à vous annoncer : 1 J'ai réussi mon bac. 2 Je me suis inscrite à la Faculté des Lettres. 3 Je continue d'écrire des poèmes et, à ce propos, je joins à cette lettre mon " dernier-né ".

« Me direz-vous ce que vous en pensez ? J'aimerais beaucoup recevoir une réponse de vous, même brève. »

J'aurais souhaité que cette lettre soit plus longue, lui parler des vacances d'été, de la vie qui s'écoule... Mais les mots sont restés dans ma gorge, emprisonnés.

Quelques jours plus tard, je trouve une carte de visite dans ma boîte aux lettres.

« Ai beaucoup aimé votre poème. Ai toujours aimé la poésie qui ronronne. Comme en peinture, les tons chauds qui s'entrechoquent. Au fait, connaissez-vous Dali ? »

Je me suis renseignée sur Dali et j'ai aimé Dali, comme je l'aimais, elle, depuis tant d'années. Tant d'années avaient passé ! Et tout ce temps-là, pas une seconde ma vie n'avait été vide d'elle, vous comprenez ?

Comme sa carte sollicitait une réponse – c'est du moins ce que j'imaginais –, j'ai à nouveau écrit. J'ai souhaité une rencontre, chez elle ou ailleurs, peu

Ensemble

importe où pourvu que je puisse lui parler. J'ai dit que c'était très urgent.

Et elle m'a téléphoné.

Pourquoi désirez-vous me voir? Je suis très occupée, vous savez, avec mon fils. Je n'ai plus le temps de jouer.

J'ai insisté, c'est réellement très important pour moi.

Elle a dit bon. Retrouvons-nous dans un salon de thé, ce soir, à 5 heures. Dites-moi, votre mère sait-elle que vous m'écrivez?

Non, elle ne sait rien. Pourquoi?

A 5 heures, je l'attends dans le salon de thé où elle m'a donné rendez-vous, l'œil rivé à l'horloge.

Viendra-t-elle? Oui, elle ne peut refuser de m'écouter. Elle est allée bien trop loin avec moi.

Cinq heures trente. Un retard, peut-être. Les embouteillages, l'enfant à accompagner chez sa grand-mère, une dernière couche à changer, juste au moment de partir.

Je guette sa voiture. Bien sûr, elle est à la recherche d'une place pour se garer, elle se met en colère. Car les emplacements sont rares, en plein centre-ville.

Six heures. Toujours la même absence qui me noue les doigts. Ce n'est pas possible! Je demande à téléphoner.

Elle décroche presque aussitôt. Non, je ne viendrai pas. Vous savez très bien pourquoi je ne me rendrai à aucun de vos rendez-vous. Je ne veux pas voir

Elle

votre visage. Oui, je sais que vous êtes une femme, maintenant. Que vous avez tout connu. Mais moi, j'ai renoncé à cela, pour mon fils. Il faut me laisser. Ne plus chercher à me prendre, à me capturer. C'est trop grave, la vie d'un enfant.

Elle a raccroché. Je recompose le numéro, folle de colère, de dépit.

La sonnerie retentit dans le vide.

Ensuite, tout a basculé dans ma tête. Les mots qu'elle avait prononcés se figeaient en moi et formaient des blocs, durs comme du marbre.

Curieusement, je ne songeai pas à la mort. Je continuai seulement de lui écrire une lettre par jour.

Je ne reçus aucune réponse.

Chaque soir, je me postais en bas du chemin qu'elle devait obligatoirement emprunter pour sortir ou rentrer chez elle, ce chemin qui longe le jardin public.

Je la vis passer plusieurs fois, son fils sur le siège arrière de sa voiture.

Elle ne m'adressa jamais un seul regard.

Un jour, je remarque que son fils n'est pas avec elle. Dans l'obscurité qui transpire lentement sur le chemin, elle allume ses phares. La voiture fonce sur moi. Je ne bouge pas. Elle stoppe seulement à quelques centimètres.

Ensemble

Elle me dit, montez. Nous allons nous promener un peu, évacuer tout ce passé qui nous encombre, n'est-ce pas? Je lui souris.

Elle murmure, comme vous avez changé. Vous êtes devenue mince et belle. Avez-vous un petit fiancé?

Je secoue la tête.

Elle demande, c'est à cause de moi? Je ne réponds pas. Pas tout de suite.

Nous allons au bord de la mer. Personne ne nous entend. Le soir furtif se glisse dans le sable que nous foulons. Mes chaussures crissent sur les galets arrondis.

Je dis, comment oublier le passé. Comment vous arracher de moi, sans perdre la vie. Vous saviez, n'est-ce pas, que je vous aimais. Vous l'avez toujours su. Dès le premier jour, dans la salle de classe. Elle coupe, bien sûr, j'aurais pu vous inviter chez moi, vous écouter parler. Mais vous étiez si jeune. Si prête à tout. Je réponds, et maintenant? Elle se met en colère. Elle n'a rien à me donner, voilà tout. Jamais rien eu à offrir. Elle ne m'aime pas, c'est une certitude. Ne me posez plus de question. Ne vous approchez plus de moi. Votre présence à mes côtés est comme une sorte de danger permanent.

Je demande, pourquoi un danger?

Parce que vous êtes comme cette mer d'huile, innocente en surface et destructrice, là, au fond, entre les algues. C'est la mort, vous savez, à cet endroit. Une mort qui happe et surprend. Et vous, vous êtes ce trou noir dont on ne revient pas, lorsqu'on y a seulement plongé une main.

Elle

Je ne comprends pas et lui propose de s'asseoir près de moi un instant, sur les rochers de la digue. Il n'y a personne, à cette heure. Nous serons tranquilles.

Elle dit d'accord, puisque nous restons en surface. Mais je suis sur mes gardes.

Je poursuis, pourquoi avez-vous accepté de me donner des cours particuliers, et puis de lire mes poèmes, puisque vous saviez. C'était pour me faire mal?

Elle nie. Non, pas pour vous blesser. Peut-être pour m'anéantir, moi, dans votre désir. Comme le dernier jour sur le banc, où vous n'avez rien compris, parce qu'il n'y avait rien à comprendre.

Un silence glacé s'installe entre nous. Je lui prends la main, comme Laure avait pris la mienne, dans la grosse Peugeot du cousin. Elle cherche à s'écarter. Mais j'ai de la force. Toute cette force accumulée depuis tant d'années. Je la tiens.

J'aurais pu la tuer, vous savez, sur cette digue, à deux pas de l'eau.

Soudain, elle cesse de résister. Elle caresse mes mains. Elle dit que j'ai encore une peau de bébé, que, finalement bien peu d'espace nous sépare aujourd'hui, oui, elle sent à nouveau en elle cette envie de glisser avec moi au fond du trou, de s'immerger totalement.

Lentement, je m'approche. Ne parlez plus. Ne dites pas déjà que tout s'achève, puisque rien n'est né entre nous.

Ses lèvres effleurent les miennes. Elle murmure, embrassez-moi, maintenant. Même si je le regrette, même si je suis à vous bien malgré moi.

Ensemble

Sa bouche se donne. Sa poitrine bat. Fort. Nous dérivons ensemble, quelques minutes, sur les reflets cuivrés de la mer complice. Ma tête est vide, à présent. Comme éclatée de trop de bonheur d'un coup.

Puis elle brise le charme, inquiète de l'heure qui tourne, je dois rentrer maintenant, mon fils et mon mari m'attendent. Mais demain, vous viendrez chez moi, n'est-ce pas? Je vous téléphonerai.

Je réponds que je déteste le téléphone, qu'il me rappelle notre rendez-vous manqué, dans le salon de thé. Toute cette attente évaporée dans le silence. Ce sont toujours les mêmes qui attendent, qui font de la solitude leur meilleure alliée.

Elle se rebiffe. Pourquoi dites-vous cela? Pourquoi cherchez-vous à casser ma vie? Je couvre son visage de milliers de petits baisers, légers comme la trace d'une aile d'oiseau sur la crête d'une vague furtive qui se noue, puis se dénoue.

Elle dit, il faut vraiment que je parte. Je suis déjà en retard et je suis encore là, près de vous, à m'enfoncer en vous, comme une folle.

Non, pas folle. Seulement amoureuse, vous aussi.

Elle réplique, c'est pareil, sauf que je ne suis pas amoureuse de vous, je ne peux pas vous aimer comme vous m'aimez. Je sais que vous avez capté une image, mon image, un jour, dans une salle de classe. Et cette image s'est agrandie, au fil des années. J'aurais dû empêcher cela. Oui, j'aurais dû. Mais aussi, vous me rassuriez, avec votre regard.

Je ne réponds pas. Comment mon regard pouvait-il être rassurant, alors que terrifiée, enveloppée d'elle, émiettée, j'avais cessé d'exister, dès le premier jour?

67

Elle

La nuit a maintenant complètement envahi la plage. J'ai laissé glisser ma tête sur son épaule.

Elle ne bouge pas et dit, vous êtes encore une enfant, avec votre tête penchée sur moi. Vous faites trop de rêves et j'ai bien peur que ces rêves-là vous perdent, un matin. Puis elle desserre notre étreinte et nous quittons la digue.

Elle répète, je vous téléphonerai demain.

Pendant quatre jours, je deviens folle. Je pense à ce corps qui attend le mien, à son parfum, à sa peau qui colle à la mienne, à cette tendresse que j'ai à lui donner.

Le téléphone ne sonne pas. Mais il faut que je me retienne. Ne pas lui écrire. Ne pas l'appeler. Attendre encore. Attendre que l'amour la prenne, elle aussi. Et qu'elle souffre un peu, c'est bien son tour.

Enfin, elle m'écrit.

« Je passe vous prendre, vers midi. Nous déjeunerons ensemble. Mon fils est chez sa grand-mère. J'ai mis du champagne au frais. J'espère que vous aimez les bulles blondes. »

Elle arrive, ponctuelle, terriblement belle.

Chez elle, comme dans mon rêve, il y a des fauteuils en cuir et une épaisse moquette blanche. Elle me tend une coupe.

Elle dit, vous avez réussi à me piéger, finalement. Vous m'aimez, et moi j'ai envie de vous, tout de suite.

Elle veut m'entraîner dans sa chambre.

Ensemble

Je dis non, ici. Sur la moquette épaisse. Doucement, lentement, longtemps.

Je la déshabille. Elle ne tient plus en place. Elle répète, tu m'aimes?

Et je crie, oui, oui, oui. Que te faut-il de plus pour l'accepter enfin?

Ma bouche l'aspire, la dévore comme jamais elle n'a été dévorée. Je la dépouille, alors qu'elle me cherche à son tour, m'allonge sous elle, vaincue. Elle me mord violemment.

Je dis, tu iras loin, avec moi, n'est-ce pas? Jamais aussi loin, dis? Jamais personne d'autre?

Elle crie qu'elle ne peut plus. Qu'il me faut cesser de la caresser.

Je fais semblant de l'abandonner. Je me lève, lui tends une autre coupe de champagne.

Pendant qu'elle y trempe ses lèvres, je la saisis à nouveau, brûlante.

A 4 heures, elle s'inquiète mollement. Tu dois partir. Je suis épuisée et mon fils m'attend. Je l'interromps. Tu n'as plus de fils. Tu as mon corps. Et personne ne s'interposera plus entre nous.

A nouveau, elle se plie. Ses reins se cassent. Lorsque nous nous éveillons, enlacées, encastrées, emmêlées, il est plus de 6 heures.

Maintenant, il faut vous dépêcher de fuir. Mon mari sera là d'un instant à l'autre.

Je demande, pourquoi ce vouvoiement?

Elle prétend que c'est plus pratique, pour se cacher. Se cacher?

Oui. Qu'espérez-vous donc?

Que tu quittes ton mari, que tu prennes ton enfant

Elle

avec toi, que tu t'enfuies avec moi, maintenant. Tu m'aimes. Tu me l'as répété tant de fois, pendant que nous faisions l'amour.

Elle sourit. Ne soyez pas stupide. Ne gâchez pas tout, avec vos sentiments. Je vous téléphonerai bientôt.

Nous nous rencontrons deux ou trois fois par semaine.

A chacune de nos entrevues, c'est le même enchevêtrement de nos deux corps, la même hargne à nous aimer, jusqu'à l'épuisement du désir.

Elle dit souvent, je ne veux plus te voir, tout te donner, en secret, pendant que mon fils grandit sous mes yeux et que l'après-midi tu as pénétré en moi avec autant de bonheur. Mais en même temps, je ne veux que toi sur mon corps, que ta bouche sur mes seins, que tes mains sur moi. Je te veux à l'infini et j'aime te vaincre, paupières closes, jusqu'au bout de ton plaisir.

Je souris. Pourquoi te poses-tu toutes ces questions? Tu sais bien que tu finiras par m'aimer, comme je t'ai toujours aimée.

Elle refuse. Non, c'est impossible d'aimer ainsi. Je suis incapable de toute cette force. Parce que rien de réel ne m'attache à toi.

Je m'étonne. Si, la réalité, c'est ton corps mêlé au mien, ces mots que tu murmures lorsque le plai-

Elle

sir te gagne, quand tu souffres, tant l'illusion des sens est grande.

  Un peu plus tard, je parle d'avenir, bien qu'elle déteste quand j'aborde ce sujet et que je bâtis des châteaux en Espagne. Je murmure, la semaine prochaine je t'inviterai au restaurant. Le meilleur de la ville. Tu verras, la salle sera plongée dans le silence lorsque tu entreras. Tous les regards seront posés sur toi. Il y aura des nappes blanches, des assiettes en porcelaine, des verres en cristal ciselé et des couverts en argent. Je commanderai une bouteille de champagne et un plateau de fruits de mer, en plein mois d'août! Je te regarderai déguster les huîtres, comme toi seule sais les déguster et je m'imaginerai être dans ta bouche, toute petite entre tes lèvres, comme tout à l'heure, dans ton lit. Je me sentirai forte de ta gourmandise, si forte que j'en exploserai de joie. Ensuite, tu choisiras le plus beau dessert et j'appellerai le garçon pour qu'il nous apporte une autre bouteille de champagne. Ce garçon te fera les yeux doux, je le sais. Et, pâle de jalousie, mise hors de moi par le désir qu'il aura eu de toi, je le giflerai. Il jouera les étonnés, s'excusera dix mille fois. Mais je ne céderai pas. Je ferai un scandale dont on reparlera longtemps dans notre bonne ville. Jusqu'à ce que le maître d'hôtel, l'air mielleux et les mains moites, vienne s'excuser et nous informer que la maison nous offre le repas à titre de dédommagement, et surtout pour que je me taise, que je cesse de hurler. Nous finirons la nuit en nous aimant, comme nous ne nous sommes jamais aimées.

Ensemble

Elle dit, tu es folle. Le soir, je ne suis jamais disponible.

Je pense, tu finiras par l'abandonner, ton mari. Puis je me détourne, un peu triste d'avoir imaginé ce que pourrait être notre bonheur.

Est-ce que cet homme te caresse comme moi, est-ce qu'il est capable de t'aimer comme moi? Est-ce qu'il ferait un scandale simplement parce qu'un garçon de restaurant a osé lever les yeux sur toi?

Elle répond non, il ne ferait pas cela. Mais c'est tout de même lui, le père de mon enfant.

Un après-midi où elle a prétendu que nous ne pourrions pas nous rencontrer, je ne tiens plus en place. Sans réfléchir, je me précipite chez elle. Je sonne à sa porte, alors qu'elle ne m'attend pas.

Elle ouvre, visage terrifié, s'apprête à refermer vivement.

Mais je colle mon pied dans l'entrebâillement. J'entends une voix d'homme, dans le salon où nous avons si souvent fait l'amour : qui est-ce, chérie?

Elle crie, c'est une bonne surprise! L'une de mes anciennes élèves vient me rendre une petite visite.

Il rit, fais-la entrer, voyons.

J'entre, le cœur lourd de remords.

Il est grand, mince, assez beau et porte une minuscule barbe blonde.

Je marmonne. Je ne reste pas, je passais par hasard, c'est tout.

Il insiste. Vous allez tout de même prendre un

Elle

rafraîchissement, par cette chaleur. Et puis cela m'intéresse de connaître un peu mieux ma femme, à travers le regard de ses élèves.

Elle coupe, tu sais, il ne faut pas remuer le passé. Elle ne peut pas se souvenir. Elle avait à peine quatorze ans.

Je souris, effrontée, avec en moi l'affreux désir de lui faire mal. Si, je me souviens de tout, du tailleur rayé rose qu'elle portait, le premier jour, de sa façon de se pencher sur moi, lors de la composition française, des cours particuliers où elle me parlait de Verlaine, avec passion. Tout est intact dans ma tête, inviolé.

Il répond, un peu gêné, c'est toujours ainsi avec ma femme. On ne peut que se souvenir.

Elle intervient. Vous exagérez, tous les deux. Je ne suis rien, dans ce monde. Rien de plus que vous.

En moi la colère monte. Je ne suis pas jalouse de cet homme qui semble l'aimer comme je l'aime. Pourtant je m'entends lui affirmer qu'un homme est incapable de comprendre ce qu'est véritablement une femme. Comment vit une femme, quels sont ses désirs, ses rêves, ses refus.

Il paraît ahuri.

Je poursuis, enlisée dans ma maladresse. Seule une autre femme peut comprendre et épouser totalement une femme. Un homme peut vivre avec elle, mais c'est tout.

Il demeure interdit, comme assommé par ce que je viens de déclamer. Il regarde sa femme, l'air interrogateur.

Ensemble

Elle s'empourpre violemment, et cela lui va bien, terriblement bien.

Maintenant, je m'efface, le cœur léger. Il sait, j'en suis sûre. Il ne peut pas ne pas soupçonner ce qui se passe entre elle et moi.

Rapidement, elle me raccompagne jusqu'à la porte d'entrée. Elle a son air des mauvais jours.

Elle murmure, pourquoi? Il risque de me surveiller, maintenant. Et je me lasserai vite de ce soupçon, tu le sais. Je refuse de vivre dans la marge.

Je ne crois pas un mot de ce qu'elle vient de me dire. Bientôt, nous ne serons plus que deux. Plus rien ne pourra nous séparer.

Téléphone-moi vite.

A la suite de mon intervention maladroite, elle cesse de me téléphoner et de m'écrire pendant quatre jours.

J'attends près du téléphone, mais en vain. Ensuite, avec l'espoir de la rencontrer, de me réconcilier avec elle, je me poste en bas du chemin, près du jardin public. Mais elle ne sort pas non plus.

Alors, je rentre chez moi, folle d'inquiétude – est-elle tombée malade? –, pleine de remords brûlants. Pour qu'elle accepte de me revoir, d'oublier mon intrusion dans sa vie de famille, je lui écris.

« Écoute. Je n'ai pas voulu te blesser. Je n'ai pas voulu te nuire. J'ai seulement souhaité te voir, à un moment où tu ne m'attendais pas. Et lorsque je l'ai vu, lui, l'homme de tes nuits, toutes ces nuits que

Elle

tu me dois, mon ange, je n'ai pas su me taire. Car pour toi je serai capable de toutes les imprudences. Vite, appelle-moi. »

Elle répond, le jour suivant.

« Bien reçu votre petit mot. Au bout du compte, vous ne me manquez pas. Mais votre solitude est agrippée à la mienne, vous le savez bien. Tout concorde si mal, entre nous. J'accepterai de vous revoir, si vous demandez pardon. »

Je poste immédiatement la réponse.

« Pardon, pardon, pardon, pardon, pardon, pardon. »

Un autre jour, nous nous promenons sur la plage.

La mer est écrasante de chaleur. Les touristes, ébahis par tant de soleil d'un coup, s'amusent, croquent des tomates, jouent au ballon dans le sable brûlant, surveillent leurs enfants.

Je lui demande pourquoi elle a tenu à me rencontrer, ici, au milieu de tous, à cette heure de la journée. Ton mari est chez toi?

Non, mon mari travaille et mon fils est comme d'habitude chez sa grand-mère. Mais je ne voulais pas que tu viennes à la maison, parce qu'à chaque fois, je cède à tout.

Est-ce forcément céder que d'aimer?

Ne parle pas d'aimer, ici, avec ces gens qui nous entendent.

Nous marchons en direction de la digue, là où

Ensemble

nous avions, quelques semaines auparavant, échangé notre premier baiser.

Je murmure, c'est comme un pèlerinage, tout ce temps passé déjà. Et la mer qui ne bouge pas, confiante.

Elle demande si je me souviens du trou noir.

Je dis oui, mais il n'y a plus de danger, puisque depuis tu as basculé dans le renoncement.

Elle se tait un instant, le regard fixé sur un voilier bleu qui se dessine au large. Puis elle reprend. Ne parlez plus de renoncement. Je n'ai rien accepté. Je ne veux prendre aucun risque. Il n'existe aucune histoire, aucun passé, aucun avenir, rien. Je ne garderai rien de vous, ni image dans ma mémoire, ni photographie.

Je souris. Encore ce vouvoiement, qu'elle emploie à chaque fois que je la mets en colère. Je pense aussi qu'elle ment, pour éviter de m'aimer.

Elle devine cette pensée. Que sais-tu de moi pour m'inventer un quelconque sentiment?

Je rétorque, tous, toutes, chaque être vivant de l'univers est capable d'éprouver ce sentiment.

Elle soupire, vous ne connaissez rien de mon enfance. Et c'est peut-être à cette époque de ma vie qu'un soir j'ai cessé de ressentir la douleur.

Et la joie?

La joie, c'est aussi la douleur. Il faut que vous compreniez. J'aime quand vous me saisissez, quand vous pleurez, après l'amour, quand vous enfouissez votre visage d'enfant dans mes cheveux, apaisée, vaincue. Mais nous ne pouvons pas poursuivre cette relation.

Elle

Je dis, écoute, emmène-moi chez toi, nous en discuterons plus au calme.

Elle me regarde, silencieuse, le cœur battant. Elle dit, bien sûr, je peux céder encore une fois. Parce que j'ai envie de toi, maintenant. Sache que tu ne gagneras pas toujours.

Pas toujours.

Puis, vers la fin du mois d'août, alors que je sors de ma chambre pour me rendre à l'un de ses rendez-vous, ma mère me retient par le bras.

Rentre. Il faut que je te parle sérieusement.

Elle prend soin de fermer la porte à clef.

Je lui dis que je suis pressée et elle me rétorque qu'elle s'en doute bien, avec ce qu'on raconte sur moi en ville.

Je demande qui ? Pourquoi ?

Elle poursuit, comme si elle n'avait rien entendu. Je vais rendre une visite à cette « femme ». Je lui demanderai de ne plus te voir. Parce que c'est une honte de faire ça, quand on a un enfant à élever. Une honte.

Elle hausse la voix. Je sais que c'est elle qui t'a attirée dans son piège, toi, tu l'admirais, simplement. Et elle en a profité. Tu as glissé, bien sûr. Mais ce n'est pas grave de glisser. Il suffit de se reprendre.

Un silence épais s'installe entre nous.

Je n'ai pas envie de discuter, de me justifier, de salir par les mots cet amour que j'ai d'elle.

Elle

Je murmure, donne-moi la clef de cette chambre, tu n'as pas le droit de me dire ce que tu dis, toi, ma mère. Tu n'as pas le droit de me juger, pour ce que je fais. Et ce que je fais n'est ni sale, ni laid, ni une honte.

Soudain, la colère en elle s'enflamme. Elle demande comment je peux parler ainsi, avec tous les sacrifices que mon père a faits pour moi afin que je ne manque jamais de rien, que je reçoive une bonne instruction, que je poursuive mes études à l'Université. Pense à ce que racontent les gens. Ils disent que tu ne te marieras jamais, que tu n'auras jamais d'enfants.

Énervée, je cherche à la blesser, définitivement.

Oui, je refuse de vivre pour eux, à cause d'eux, comme ils désirent que je vive. Je vis pour moi, pour ma peau, pour l'existence que je revendique, avant tout. Et d'ailleurs, les gens ont sans doute raison, je ne me marierai pas, parce qu'elle a pris toute la place en moi.

Je reçois une paire de gifles. Dans le miroir qui me fait face, deux traces rouges strient mes joues.

Ma mère se met à hurler, folle de douleur. As-tu au moins déjà connu un homme?

Je réponds non, parce que je l'ai toujours aimée, elle. Je l'ai toujours portée en moi, tu ne peux pas comprendre.

Ma mère s'assoit sur mon lit, me tend la clef de la chambre. Puis elle se met à pleurer, la tête dans les mains. Elle jure entre ses dents que mon père, lorsqu'il apprendra cette histoire, me tuera, sans pardonner. Il vous tuera peut-être toutes les deux.

Ensemble

Je m'approche à nouveau d'elle, menaçante.

Non. Il ne fera rien. Il ne touchera pas à un seul de ses cheveux, je l'interdis, tu entends? Et maintenant, laisse-moi m'enfuir, que je sorte, que j'oublie tes mots, tes larmes, tes insultes. Que je disparaisse avant d'avoir la nausée.

Dans le couloir, je l'entends qui crie, tu n'auras rien, nous ne paierons plus rien pour toi, nous ne t'aiderons plus, ni dans tes études ni dans ta vie.

Je réponds, je m'en moque de tes sous, des études, de votre haine. Et si tu m'empêches de la voir, je me tue, tu comprends? Je me tue!

J'arrive chez elle, hors de moi.

Elle dit, tu es en retard. J'ai cru que tu ne viendrais pas, aujourd'hui, que tu avais enfin cessé de m'aimer.

Non, c'est tout le contraire. Il faut que tu me gardes près de toi, que tu me caches, chez toi.

Elle pâlit et demande ce qui s'est passé.

Je raconte la colère de ma mère, les menaces de mort, le dégoût sur son visage, le fait que nous sommes découvertes.

Elle s'écarte de moi, muette d'étonnement, se sert un verre d'alcool fort et s'assoit sur l'un des fauteuils du salon.

J'insiste, il faut me prendre, maintenant. Tu ne peux pas m'abandonner, alors que je suis prête à renoncer à mes parents pour toi.

Elle me coupe. Elle jure qu'elle n'a pas envie de

Elle

lutter avec mon père, qu'elle déteste participer à ce genre d'affaires. Elle me l'a répété cent fois.

Je m'approche d'elle, doucement, et la rejoins dans le fauteuil de cuir. Ma main glisse entre ses cuisses.

Elle tente mollement de me repousser. Il faut cesser de nous rencontrer. J'ai moi aussi une famille, un enfant, un mari à préserver.

Mais sous la caresse de mes doigts sur son pubis, dans sa douce fourrure de femme, elle ferme les yeux.

Je murmure, dents serrées, lèvres sur son corps, tu mens, tu m'appartiens. Ton désir m'appelle et n'appelle que moi, tu le vois bien, tu le sens bien, en toi. Il faut que tu me portes, comme je te porte, sans avoir peur de mon père, ni de personne au monde. Et je te promets que je ne te parlerai plus jamais de cette histoire. Je te le jure.

Je l'embrasse longuement, je la serre dans mes bras, si fort que son souffle s'accélère et que la jouissance la prend brutalement et la rejette, épuisée, dans le sommeil.

Elle s'endort et murmure encore, tais-toi, maintenant.

Les jours ont passé, prisonniers de nos corps, de ses refus, de nos disputes incessantes.

Nous sommes au début du mois de septembre. Je l'attends encore, dans ce même salon de thé où elle m'avait donné notre premier rendez-vous. Elle a refusé, autre caprice, de me rencontrer chez elle. Sinon, nous ne pourrions pas discuter sérieusement.

Je lui demande, qu'est-ce que tu as?

Elle dit, n'oubliez pas le vouvoiement, dans les lieux publics. Il ne faut plus nous voir, je vous le répète. Avez-vous cessé de m'aimer?

Soudain, tout remue en moi. Je me souviens encore de la cour d'école, des poèmes appris par cœur.

Non, je t'aime, encore plus qu'avant. Un vrai amour qui dure. Comme dans les romans. Avec des pleurs, des rendez-vous manqués, des âmes qui se consument et toujours un qui aime moins fort que l'autre, qui finit par se lasser de l'amour de l'autre.

Elle réplique, je ne me lasse pas de vous. Mais vous m'effrayez, avec votre grande passion. Pourtant, j'ai été tendre avec vous, longtemps. Et puis, je refuse de vivre dans le passé. J'ai douze années de plus que vous. Tôt ou tard, vous vous détacherez de moi. Parce que je serai vieille et que mon fils pointera son doigt sur vous, en me demandant qui vous êtes.

Je murmure, vous êtes, cette fois, fermement décidée à me quitter, n'est-ce pas?

Elle hoche la tête et boit une gorgée de thé au citron. Dehors, la chaleur est accablante. L'air entre nous est pesant.

Je me penche sur elle, par-dessus la table qui nous sépare. Si près de son visage que les serveuses nous adressent des regards réprobateurs.

Elle rougit violemment. Arrêtez de jouer. Demandez l'addition et quittons vite cet endroit.

Elle

Je ne bouge pas et lui serre très fort les poignets. Mes lèvres sont à quelques millimètres des siennes.

Vous êtes folle? Pourquoi ne vous faites-vous pas une raison?

Je dis que si elle ne promet pas de me revoir, chez elle, une dernière fois, je l'embrasse, ici, devant tout le monde.

Elle répond, vous ne feriez pas cela.

Je m'approche encore, prête à tout.

Elle murmure, bon, d'accord. Demain. Je passe te prendre en bas du chemin. A 15 heures.

Non, pas à 15 heures. A midi. Comme la première fois. La première fois ressemblera à la dernière fois.

A midi, alors. Je m'arrangerai pour mon fils.

Je dis, comment as-tu pu penser une seule seconde que je cesserais un jour de t'aimer?

D'un geste de colère, elle hausse les épaules et disparaît.

J'ai refermé derrière moi la porte de sa maison et j'ai mis la clef dans ma poche. Elle ne m'échappera plus.

Elle m'apporte un verre de gin glacé. Elle dit qu'elle a encore réfléchi, je suis trop violente. Avec toi, on ne peut rien prévoir. Il n'y a qu'au lit que tu parais réellement détendue, calme.

Je la prends dans mes bras. Pourquoi veux-tu me quitter?

Parce que la vie continue. Dès le début, je t'ai dit que tu ne serais qu'un passage.

Ensemble

Je crie, un passage? Toutes ces après-midi d'amour? Tous ces mots avoués, toutes ces attentes, tous ces chagrins? Toutes ces lettres?

Ne te mets pas en colère. Achevons notre histoire comme personne ne les achève jamais : en nous aimant. En nous aimant comme jamais nous ne nous sommes aimées.

Et une fois encore, je glisse dans son piège. Je lui donne tant de caresses qu'elle me supplie de ne jamais partir, même si elle me le demande.

Alors, j'ouvre la bouteille de champagne que j'avais apportée, cachée dans ma veste. Je ne pars plus, n'est-ce pas? Tu me gardes, c'est sûr. Tu n'as pas menti, pendant que nous faisions l'amour?

Elle prétend que lorsque le plaisir est trop intense, on dit n'importe quoi. Si, il faut que je parte, et que je ne cherche plus jamais à la revoir.

Elle dit que ce sera peut-être dur, au début, mais que c'est pour mon bien. Tu verras, plus tard, tu me remercieras.

Je ne veux pas la croire. Je réponds, tu es de mauvaise humeur mais je sais que tu ne resteras pas longtemps sans m'appeler. Je te tiens par ton corps, et je ne te lâcherai pas.

Elle crie, suffit. Assez parlé. Rends-moi la clef de la maison. Disparais et oublie. Tout.

Vous comprenez, des séparations comme celle que je venais de vivre, il s'en était produit chaque semaine. Mais cette fois, sa voix m'avait paru différente. En même temps, je n'acceptais pas ses dernières paroles. Je restais toute la journée assise près du téléphone, je guettais le facteur. Mais rien, plus rien désormais ne devait exister entre nous.

Les vacances scolaires étaient terminées. Elle avait repris ses cours, je le savais. Je m'étais dit que si elle ne téléphonait pas, j'irais la voir à l'école. Je ferais un scandale. Je la portais en moi, je vous le répète, comme un cancer.

Après tout ce que nous avions vécu ensemble, il était impossible qu'elle n'éprouvât rien pour moi.

Alors, je continuais d'attendre. Dans ma tête, cet amour qui n'en finissait pas de grandir et qui puisait sa force dans notre séparation résonnait comme un enfer.

Un enfer où je restais seule.

Elle

Entre-temps, Daniel est revenu d'Italie. Lui aussi attend le mois d'octobre pour entamer sa première année d'études universitaires. Pour me changer les idées, il m'emmène dans les boîtes de nuit. Il ignore qu'en voulant me sortir à tout prix il fait germer dans ma tête un plan sournois.

Oui, je m'imagine la rendre jalouse en me perdant dans la nuit, en me gaspillant dans la lumière fumée des bars de Saint-Tropez et d'ailleurs.

C'est encore l'été sur la Côte. Nous partons, chaque soir, vers 21 heures. Daniel porte des pantalons larges et de grandes chemises blanches à col cassé.

Moi, je me suis fait couper les cheveux très court et je les plaque avec un gel particulier. Grand maquillage sombre, gilet de costume avec rien dessous.

Daniel dit, tu es superbe, avec ces yeux-là. Mais ils risquent d'effrayer, et pourquoi toujours t'habiller en noir ?

Je ne réponds pas mais j'espère, chaque soir, la rencontrer, elle, avec son mari ou une autre fille pendue à son cou.

Dans la boîte, je scrute l'obscurité, trouée par les spots multicolores. Je frôle les danseurs – déhanchements, mains qui se cherchent, questions murmurées dans la chaleur des piétinements sur la piste.

Le disquaire nous connaît bien, maintenant. Il se débrouille pour nous offrir des consommations. Il nous raconte de drôles d'histoires sur la boîte.

Puis, régulièrement, vers minuit, Daniel me laisse

Ensemble

seule. Il va faire ce qu'il appelle son petit tour : mais n'en profite pas pour rester seule! Et immanquablement, je lui souris.

Je voudrais qu'elle me voie, lui montrer que je ne suis pas malheureuse, malgré toutes ces journées d'absence d'elle. Je voudrais qu'elle croie à l'indifférence de mes actes, de mes choix, de mes pensées.

Mais à chaque instant je la sens dans mon dos, qui se moque de mes attitudes. Elle semble dire, tu ne peux pas me tromper. Non, tu ne le peux pas.

Sitôt Daniel parti, je m'installe au comptoir et sirote deux ou trois vodka-orange. La tête ne me tourne plus et je commence à m'habituer à cet alcool blanc dont la brûlure me rassure. Lui seul me permet de glisser un peu dans l'oubli. De l'oublier, elle. Et puis d'oublier aussi le silence méprisant de mes parents, leur façon de me rejeter, de me faire cesser d'exister. Bien sûr, ils savent qu'elle m'a laissée. Mais ils savent également que cela ne change rien au désir qui loge dans mon corps et dans mon âme.

Alors, une autre vodka, s'il vous plaît. Que je chasse vite cette image, que je la torde, que je la plie, à jamais. Je ne veux garder en moi que l'espoir.

Le barman me fait un clin d'œil en me tendant un verre glacé. Il dit, vous ne remarquez jamais rien, vous.

Remarquer?

Oui, les visages, les regards posés sur vous, le désir des hommes et aussi celui des femmes. Chaque soir je vous observe. Vous repartez toujours seule. Pourquoi, alors, vous enfermer ici?

Elle

J'évite de répondre et je m'éloigne du bar. Je choisis une petite table, près de la piste de danse.

Une blonde aux yeux verts, trente-cinq ans environ, pantalon de cuir, chemisier fauve, talons plats, visage creusé mais charme fou, petite poitrine ferme, danse devant moi, bien dans son corps.

Elle me regarde. Nous passons des minutes, ou des heures, à laisser nos yeux se frôler.

Je m'interroge, et en même temps j'ai envie de jouer, de lui faire mal, à cette jolie blonde. Parce que je veux la blesser, elle. Elle qui m'a quittée.

Suit une série de slows. Je trempe mes lèvres dans la vodka. Vais-je la tromper, ici, tout de suite, avec cette femme ? Ou bien vais-je choisir un homme, comme son mari à elle, qui me perfore à jamais, qui s'enfonce en moi jusqu'à ce que je sois capable de l'oublier, elle ?

La blonde s'avance, s'incline, murmure, voulez-vous danser ?

Non, je vous remercie. J'attends quelqu'un.

Elle s'éloigne, excusez-moi, tant pis pour moi, un autre soir, peut-être. Elle s'accoude au comptoir et ne cesse de me dévisager.

Pourquoi ai-je refusé ? Parce que je l'attends toujours, elle. Elle ne va plus tarder, maintenant. Sa voiture sera garée à quelques rues d'ici. Elle me rejoindra et dira, je suis heureuse de ne pas arriver trop tard. J'avais si peur que, déjà, une autre femme t'ait enlevée et que tout alors soit brisé entre nous.

Légèrement grise maintenant, je commande un autre verre. Pas suffisamment grise, pourtant, pour gifler la blonde qui continue de me dévorer des yeux,

Ensemble

pas assez pour lui crier que je ne la désire pas, que je n'ai même pas chaud dans ma tête, lorsque son désir plane sur moi.

Il ne reste plus qu'un seul slow. La piste sera bientôt envahie de danseurs qui se défouleront sur un rythme infernal. Et ce rythme-là ne permettra plus aux regards de la blonde de rivaliser avec les lumières blafardes des spot-lights. Dès la première note, je me lève, je m'agite; mon disque préféré, le sien aussi, celui qu'elle aimait entendre, après l'amour, une coupe de champagne entre les doigts. Je ferme les yeux parce que je veux me la rappeler, je veux y penser très fort, et sa voix comme par magie m'emportera loin, très loin d'ici.

Pourquoi m'avoir menti, tout à l'heure?

J'ouvre les yeux. La blonde danse près de moi. Elle répète, oui, vous m'avez menti, vous n'attendez personne. Voilà plusieurs jours que je vous observe. Vous refusez systématiquement toutes les danses. Comme si vous aviez peur. Je vous fais peur?

Non, vous ne me faites pas peur. Mais j'aime bien être seule, toujours, parce que j'ai dans la peau des milliers de rêves dont vous ne pouvez soupçonner l'existence.

Elle dit si, je les soupçonne, à ma manière. Ils ne sont que chagrin et amertume. Je me trompe?

Je ris. Vous voyez bien que vous ne pouvez rien comprendre, malgré tous vos regards.

Elle se penche sur moi. Et si nous prenions un autre verre, un peu à l'écart, un peu loin du bruit et de tous ceux qui nous écoutent. Elle me supplie de ne pas refuser. Un verre, ce n'est rien.

Elle

Cela n'engage à rien. Et surtout, cela ne trahit rien.

Je lève les yeux et elle m'offre un sourire doux, si doux que j'ai soudain envie de caresser son visage, de m'y enfouir, d'y pleurer, comme on pleure lorsque toutes les valeurs de la terre vous abandonnent.

J'accepte et je la suis, en silence.

Puis elle poursuit son monologue. Je suis un peu comme vous. Je viens ici presque tous les soirs, pour oublier.

Oublier?

Oui, les années perdues à me chercher. Et aujourd'hui, il est trop tard. A mon âge, on ne rencontre plus que des cœurs brisés, vidés de leur sève, qui n'ont plus rien à donner, même pas la tendresse, même pas une caresse que je pourrais garder. Là, donnez-moi votre main, oui, là, sous mon sein gauche, vous sentez comme il en a besoin : une seule caresse, une seule tendresse...

Je dis que je suis incapable de lui donner la moindre tendresse.

Mais elle garde ma main sous son sein. Elle a une peau agréable. Je m'approche d'elle, de ses mèches blondes, le contraire de ses mèches à elle, si noires, si mystérieuses.

Elle s'écarte. Je n'ai pas besoin de votre pitié.

Je réponds, taisez-vous, allons chez vous, si vous voulez bien de moi cette nuit, et d'autres nuits peut-être, mais seulement peut-être.

D'un signe, je préviens Daniel. Il me recommande d'être sage, de ne pas m'inquiéter, il avertira mes parents qui de toutes façons seront heureux de ne

Ensemble

pas me croiser, demain matin, au petit déjeuner ou dans la salle de bains.

La blonde habite à l'hôtel – elle n'est que de passage, habitant Paris – et nous réveillons le portier qui me jette un sale œil.

Il demande si je suis majeure. Elle répond, voyons, Monsieur, il s'agit de ma nièce. Il soupire – car il n'a pas cru un mot de son mensonge – et retourne se coucher.

Elle introduit la clef dans la serrure. Elle cherche l'interrupteur. Toujours ivre, je dis non, n'allume pas. Je ne veux rien voir, juste te sentir là, près de moi, juste ton corps, juste ton parfum.

Elle m'embrasse, me déshabille, me caresse de mille caresses et me goûte de mille baisers.

L'alcool, l'ivresse des sens m'étourdissent, me plongent dans un rêve affreux, dans une terrible confusion. C'est elle, mon amour, ma chair, ma vie, qui m'étreint, qui me murmure des mots tendres, tu ne vas pas me quitter, dis, jure-moi que ce n'est pas seulement pour cette nuit. Oui, c'est elle, je reconnais son corps, ses cris lorsque la jouissance l'emporte, lorsque le plaisir fouetté par l'impatience devient infernal. Alors oui, je t'aime, oui, je resterai toujours avec toi, non, nous ne nous quitterons plus jamais. C'était stupide, notre dispute dans le salon de thé, puis cette séparation. Oui, je veux que tu m'envahisses, maintenant, comme je t'envahirai, moi, petite, fragile, tout enveloppée de toi, toute fabriquée pour toi, à jamais.

Elle dit, je savais que ta blessure n'était pas si profonde, je le savais. Mais je vais tant t'aimer, tant

Elle

te donner, que tu oublieras. Je vais t'emmener avec moi, à Paris. Tu verras, Paris est une ville éblouissante.

J'ai la tête qui tourne, je murmure, tu ne peux pas partir à Paris avec moi. Et ton mari? Et ton fils?

Elle rit, tu es ivre. Et, avant de s'endormir, répète, je n'ai pas de mari et encore moins de fils. Repose-toi, maintenant, mon ange.

Le lendemain, elle dort encore, tout emmêlée aux draps, ses cheveux blonds répandus sur l'oreiller.

Dans l'obscurité à peine troublée par le jour naissant, je m'aperçois de mon erreur, de cette terrible méprise qui m'a fait dire à cette femme que je n'aime pas, que je ne connais pas, ces mêmes mots d'amour déjà dits à une autre. Inquiète, je cherche la salle de bains, m'asperge le visage, je lave mon corps, savonne ma peau, râcle ma peau, car il faut effacer cette erreur, les traces de cette trahison.

Mais cette trahison n'en est pas une, puisque cette nuit, c'est avec elle que je faisais l'amour, elle que je gardais dans mon âme, elle à qui je promettais tout, la vie, la mort, l'éternité. Et ce n'est qu'une blonde inconnue, dont j'ai oublié le prénom, qui dort à présent de l'autre côté, apaisée.

Au moment où je songe à cela, la blonde pousse sans bruit la porte de la salle de bains. Elle veut m'embrasser sur les yeux. Je recule, horrifiée.

Ensemble

Elle demande si je suis fatiguée, ou de mauvaise humeur, tu avais tellement bu, hier soir.

Non, pas de mauvaise humeur, terriblement seule, terriblement honteuse, c'est tout.

Elle dit, c'est parce que tu as fait l'amour avec une femme? Je réponds non, parce que j'ai en quelque sorte trahi une autre femme, une que j'aime depuis des années, et qui m'aime aussi, que j'ai cru enfin retrouver, hier soir, entre tes bras. C'est horrible, je sais, ce que je te dis là. Mais comment faire autrement, si je veux effacer cette illusion de ta tête?

Son visage est livide. Ses beaux yeux bleus se chargent de larmes amères. Elle murmure, pourquoi, pourquoi ces mots, ces promesses, cette souffrance inutile.

Je pense que je pourrais répondre que je n'ai pas souhaité la faire souffrir. Mais c'est faux. En ce moment elle souffre, et c'est l'autre que j'imagine encore, à sa place, en train de pleurer.

Comme pour m'excuser, je prétends qu'il n'y a plus de place en moi.

Elle répond, c'est bon, va-t-en maintenant. Quitte cette chambre avant que je m'écroule, là, devant toi. Quitte-moi avant que je me souvienne de ce qui s'est réellement passé entre nous cette nuit. Va-t'en, tu m'entends? Avant que je devienne violente, avant que je crie, avant que je frappe. Et si je frappe, tu auras mal.

J'ai recommencé à l'attendre, en bas du chemin qui longe le jardin public. Je n'ai pas encore osé

Elle

retourner à l'école, où je sais que je pourrais la voir, car plus les jours passent plus elle me manque, plus je lui manque et plus je suis convaincue qu'elle finira bien par me téléphoner ou par m'écrire.

Hier, n'y tenant plus, j'ai composé son numéro. Et j'ai entendu le message d'un répondeur-enregistreur. C'était la voix de son mari. Sinon, j'aurais appelé cent fois de suite, juste pour entendre sa voix à elle, même enregistrée sur cassette.

Daniel, que je rencontre presque chaque jour, me répète inlassablement que je dois me faire une raison, que tout est mort en elle, que rien n'a jamais existé. Elle ne t'a JAMAIS aimée. Pourquoi refuser de l'admettre ?

Daniel est gentil, mais il ne peut pas comprendre. Il poursuit, c'est toujours ainsi, avec les femmes. Vous êtes compliquées, délicates et souvent hargneuses.

Je rétorque, c'est bien pareil avec les hommes.

Il coupe, cinglant, qu'en sais-tu ?

Je rougis.

En colère, il me blesse encore. Cette femme t'a détournée. Maintenant que tu l'as aimée, tu ne pourras aimer aucun homme, j'en suis certain.

Mais l'amour, ce n'est pas une question d'homme, ou de femme. Il est là, il prend possession de vous, et c'est tout.

Daniel rit, méchamment. Tu fais de grandes phrases mais prouve-moi que j'ai tort. Prouve-moi que tu es capable de coucher avec un homme sans en être horrifiée.

Je prétends que ce serait la trahir, comme l'autre soir avec cette blonde.

Daniel secoue la tête. Non, tu sais bien qu'ainsi tu ne la trahis pas réellement : pas avec une autre femme.

Début octobre. La saison des boîtes de nuit, sur la côte, s'achève.

Pour la dernière soirée avant la rentrée universitaire, Daniel m'a invitée au restaurant.

Ensuite, nous allons danser, toujours au même endroit. Mais ce ne sont plus les mêmes visages, il y a beaucoup moins de femmes. Le disquaire même est reparti à Paris. Daniel et moi sommes devenus des inconnus. Seul le barman est resté, fidèle à sa région.

Je m'installe au comptoir, pendant que Daniel va faire son petit tour habituel, le dernier.

Le barman me signale qu'une dame blonde a demandé plusieurs fois de mes nouvelles. Où étiez-vous donc passée?

Je ne réponds pas.

Il poursuit, vous savez, en octobre, la boîte redevient bien banale, il n'y a plus ces femmes qui... Il n'y a plus que des hommes, des hommes qui cherchent des femmes.

Munie de ce renseignement qui me traverse rapi-

Elle

dement l'esprit – car la conversation que j'ai eue l'autre jour avec Daniel m'a laissée vide de toute certitude, comme absente à moi-même –, je prends mon verre et je m'installe derrière une table, sur la banquette.

Daniel, à l'autre bout de la salle, discute avec une jeune femme, très belle. Il a cet air passionné qu'il prend lorsqu'il veut séduire.

Amusée par son jeu, je ne me suis pas aperçue qu'un homme s'est installé près de moi. Il m'a apporté un verre et m'offre un large sourire.

Il demande si je suis seule. Comme à la blonde, je réponds, non, je ne suis pas seule, j'attends quelqu'un. Il rit et prétend que c'est toujours ce qu'une femme répond, lorsqu'elle est timide.

Soudain, les paroles de Daniel resurgissent. Et si c'était vraiment la tromper que de coucher avec un homme? Si je suis capable de coucher avec cet homme, c'est que je peux guérir... Je confonds tout, bien sûr. Mais en ce moment, face à cet étranger, je n'ai plus le moindre doute.

Je regarde bien l'homme. Il est beau, et de lui se dégage un certain charme. Sans oser le fixer, je lui dis, ne perdons pas de temps, allons chez vous, tout de suite.

Surpris, il se lève, me fait signe de le suivre.

Daniel me happe au vol. Il veut savoir si c'est à cause de notre conversation. Il me supplie de penser à moi, de ne pas m'anéantir totalement.

Je lui dis, ne t'inquiète pas, je te raconterai demain. Je veux savoir pourquoi elle est en moi. Je veux savoir si coucher avec cet homme la détruira.

Ensemble

Il est entré en moi, d'un coup, brutalement.
Il est sur moi, maintenant, il serpente en gémissant. Agrippé à mes hanches, le torse relevé, il s'enfonce dans mon corps, de plus en plus vite, de plus en plus loin.
Les yeux grands ouverts, il m'est impossible de le confondre avec elle, comme j'avais fait avec la blonde.
La lumière est restée allumée. Froidement, mon esprit analyse la situation, le passé, cet amour que je croyais pur, au-delà de toute pureté, et cet homme qui se déhanche en broyant mon corps.
Enfin, le plaisir le secoue. Il coule entre mes cuisses, et en même temps me fait basculer pour de bon dans la réalité.
Quand je songe à toutes ces années où j'ai cru en elle sans même être jalouse de son mari, quand je songe à nos après-midi d'amour où elle me jurait qu'elle m'aimait, alors que le soir-même, sans doute, son mari la prenait comme cet inconnu venait de me prendre, quand j'imagine ma vie, gâchée, perdue dans le temps, brisée par elle, la colère se déchaîne en moi.
Non, cet homme ne l'a pas chassée de moi. Il m'a rendue violente.

Je ne sais comment vous expliquer ce qui s'est produit exactement en moi, une sorte de cassure.
Oui, je l'avais trompée. Mais après notre rupture.

Elle

Oui, elle m'avait trompée. Tout au long de notre amour.

Il fallait que le jeu, son jeu, cessât. Car l'expérience que je venais de vivre avait en quelque sorte brisé un miroir, le miroir de mon enfance et de ma naïveté.

Les poèmes étaient morts. Je ne songeais plus à la cour d'école, à mes attentes perdues, dont l'inutilité m'était brusquement jetée à la face. Il n'était plus question de jalousie.

Mais au lieu de l'oublier, je me suis dit qu'il existait une autre manière d'aimer. Que maintenant, après lui avoir parlé, nous pourrions nous rencontrer, en toute franchise. Je comprendrais ses peurs, je la consolerais même, je l'aimerais, me donnerais à elle, mais de façon différente.

Oui, depuis ce jour, tout m'a paru étrangement limpide.

J'ai tenté cent fois, mille fois de la joindre. Mais malgré mes appels, malgré les messages laissés sur le répondeur, le téléphone est resté muet.

Il me fallait pourtant lui parler, il fallait que nous recommencions à nous aimer, comme avant, mais cette fois sans plus jamais nous mentir.

J'avais tant de choses importantes à lui dire, et avant tout, que je n'avais jamais cessé de l'aimer, malgré le jeu, malgré son mari, cette femme blonde, cet homme.

Alors, un matin vers la mi-octobre, j'ai pris le fusil de chasse de mon père. J'ai glissé deux cartouches dedans, comme il m'avait appris à le faire lorsque je l'accompagnais dans les bois.

Ensemble

Je suis arrivée dans la cour d'école, le fusil caché sous mon grand manteau.

Je l'ai vue sortir de la salle des professeurs.

Elle ne m'a pas souri. Elle a détourné son beau regard, une fois encore. Comme au temps des poèmes, dans cette même cour d'école.

Alors, j'ai tiré, Monsieur.

Tiré, tiré.

Jusqu'à ce qu'il n'y ait plus de cartouches dans le fusil et qu'ils me prennent, avec leurs bras d'hommes.

des livres au format de poche
faits pour durer

MARCEL LÉVY
La Vie et moi

JOHN M. FALKNER
Moonfleet

VLADIMIR BARTOL
Alamut

ALAIN BOMBARD
Naufragé volontaire

DAPHNÉ DU MAURIER
Le Bouc émissaire

CLAUDE SEIGNOLLE
La Malvenue

JEAN-BAPTISTE LABAT
Voyage aux Isles

T. C. BOYLE
Water Music

W. WILKIE COLLINS
La Dame en blanc
Pierre de lune

LUDWIG LEWISOHN
Le Destin de Mr Crump

DEBORAH SCALING KILEY
Albatros

JEAN MALAQUAIS
Les Javanais

WILLIAM TREVOR
En lisant Tourgueniev

CHARLES MATURIN
Melmoth

AHMAD AL-TIFACHI
Les Délices des cœurs

CHRISTIAN CHARRIÈRE
La Forêt d'Iscambe

VICKI BAUM
Shanghaï Hôtel

HEINRICH VON KLEIST
La Marquise d'O... et autres nouvelles

DOMAINE FRANÇAIS

AUX ÉDITIONS

PHÉBUS

(extrait du catalogue)

EDMOND AGABRA
L'Enfant de papier, roman

JEAN AICARD
Maurin des Maures, roman
Préface de Jean-Claude Izzo
L'Illustre Maurin, roman

MICHEL ALVÈS
Le Livre d'heures, récits

GEORGES ARNAUD
Les Oreilles sur le dos, roman

DANIEL ARSAND
La Province des Ténèbres, roman

MANUEL AUDRAN
Le Rêveur d'Orient, roman

DOMINIQUE AUTIÉ
Le Bec dans l'eau, roman

ALAIN AYMARD
La Poursuite du vent, roman

BAPTISTE-MARREY
Le Roman crétois, roman

ANDRÉ BARRET
Sautecœur, roman

MARCEL BÉALU
Journal d'un mort, récits
Présentation de Georges-Arthur Goldschmidt
Contes du demi-sommeil, récits
Commentaire d'Antonin Artaud
L'Aventure impersonnelle, roman
Mémoires de l'ombre, récits
L'Expérience de la nuit, roman
La Vie en rêve, essai
L'Araignée d'eau, récits
Préface d'André Pieyre de Mandiargues

MATHIEU BELEZI
Le Petit roi, roman

REJEB BEN SAHLI
Le Verger des caresses, roman

LUC BÉRIMONT
Les Loups de Malenfance, roman

ANDRÉ BEUCLER
Entrée du désordre, nouvelles

DENIS BOISSIER
Les Aventures de Frank Naxander Golt :
Golt, roman

La Passion selon Golt, roman
Golt et les ombres, roman

ROLAND BRIVAL
Le Dernier des Aloukous, roman
Bô, roman

PATRICK CARRÉ
Le Palais des nuages, roman
Yavana, roman

CHRISTIAN CHARRIÈRE
Les Vergers du ciel, roman
Mayapura, roman
La Forêt d'Iscambe, roman

ROBERT CHRISTOPHE
Marie-Tête d'Ange, roman

ROLAND CLÉMENT
Fausse note, roman

ALAIN DELBE
Les Iles jumelles, roman

FRANÇOIS DELPLA
Le Journal d'Anna, roman

JEAN-CLAUDE DEREY
Les requins ne mangent jamais les Nègres, roman

ANDRÉ DHÔTEL
La Route inconnue, roman
Lorsque tu reviendras, roman
La Vie passagère, roman

PHILIPPE DIOLÉ
L'Okapi, roman

PIERRE D'OVIDIO
La Vie épatante, roman

CATHERINE ENJOLET
Princesse d'ailleurs, roman

MARC ERGÈS
Les Chapiteaux perdus, roman

SERGE FILIPPINI
La Vie en double, roman
L'Aquarium, roman
L'Homme incendié, roman
Comœdia, roman
Haut Mal, roman

JEAN FOLLAIN
Paris

LÉON FRAPIÉ
La Maternelle, roman

FRANCIS GARNUNG
La Pomme rouge, roman
Les Miroirs et les Chaînes, roman

JACQUES GOURGUECHON
Pour un baiser d'Ava, roman

FRANÇOIS-MARIE GRAU
Mes Amours mécaniques, roman

JAMES GRESSIER
La Dernière Fugue, roman
Le Retour du chasseur, roman

ARMEL GUERNE
Le Jardin colérique, poèmes
Rhapsodie des fins dernières, poèmes

JEAN-PAUL GUIBBERT
La Chair du monde, poèmes

ÉLIZABETH HERGOTT
Lettres d'amour

FRÉDÉRIC KLEIN
Tunnel, roman

JEAN LALANNE
Éros abîmé, récits

TILISE LEPRINCE
Aurelio, Aurelia, roman

GISÈLE LE ROUZIC
L'Octroi, roman

PIERRE LESTRADE
La Montagne des Singes, roman
Adagio, roman

MARCEL LÉVY
La Vie et moi, récit

LO DUCA
Journal secret de Napoléon Bonaparte
Préface de Jean Cocteau

ALAIN LORNE
La Route brûlée, roman
Préface de Gilles Perrault
Les Quatre jeudis, roman

PAUL LOUBIÈRE
Le Livre de passe, roman

ROBERT MARGERIT
L'Ile des Perroquets, roman
Le Château des Bois-Noirs, roman
La Terre aux Loups, roman
Préface de Georges-Emmanuel Clancier
Le Dieu nu, roman
La Révolution (4 vol.), roman
Les Amants, roman
Préface de Georges-Emmanuel Clancier

JEAN MALAQUAIS
Les Javanais, roman
Journal de guerre, suivi de *Journal du métèque*

MICHEL MARTY
La Beauté du diable, roman
L'Ile Rouge, roman

HUBERT MONTEILHET
Les Queues de Kallinaos, roman

CÉDRIC MORGAN
Cet hiver-là, roman
Les Ailes du Tigre, roman
L'Enfant perdu, roman
Le Bonheur en douce, roman

PAUL NOTHOMB
N'y être pour rien, roman
Non Lieu, essai

ANTOINETTE PESKÉ
La Boîte en os, roman
Ici le chemin se perd, roman

ROGER RABINIAUX
Impossible d'être abject, roman

PATRICK REUMAUX
Inamorata, roman
Le Gouverneur sans âme, roman
Chasses fragiles, récits
Le Venin des Borgia, chronique

EMMANUEL ROBIN
L'Accusé, roman

JEAN-LOUIS SARTHOU
Méfiez-vous des îles, roman

CLAUDE SEIGNOLLE
Marie la Louve, nouvelles
Préface de Lawrence Durrell
La Malvenue, récit
La brume ne se lèvera plus, roman
La Nuit des Halles, nouvelles
Le Diable en sabots, nouvelles
Le Rond des sorciers, nouvelles
La Morsure de Satan, nouvelles

JEAN SOUBLIN
Niobé, roman

MATHIEU TERENCE
Fiasco, roman

MARC TRILLARD
Eldorado 51, roman
Tête de cheval, roman
Coup de lame, roman

RENÉ TRINTZIUS
Deutschland, roman

NOËL TUOT
La Femme du bédouin, poèmes

JAN VAN DORP
Flamand des vagues, roman
Le Voilier aux marionnettes, roman
Préface de Michel Le Bris

IRMA VAN LAWICK
Le Chéroub, roman

DANIEL VAXELAIRE
Grand-Port, roman
Cap Malheureux, roman
Les Mutins de la liberté, roman
L'Affranchi, roman

JACQUES VERMOT
L'Ame du mousse, roman

GEORGES WALTER
Les Enfants d'Attila, roman
Wingapoh !, roman
Les Pleurs de Babel, roman
Enquête sur Edgar Allan Poe, poète américain, biographie

DANS LA COLLECTION VERSO

ALAIN-RENÉ LESAGE
Les Aventures de « Beauchesne », capitaine de flibustiers,
roman

AMÉDÉE ACHARD
Les Aventures de M. de la Guerche :
I. Les Coups d'épée de M. de la Guerche, roman
II. Envers et contre tous, roman

ANTHOLOGIES ET ESSAIS

GEORGES ARTHUR GOLDSCHMIDT
Jean-Jacques ou l'esprit de solitude, essai

MARCEL BEAUFILS
La Musique pour piano de Schumann

ARMEL GUERNE
L'Ame insurgée, écrits sur le Romantisme

JEAN-LUC STEINMETZ
La France frénétique de 1830

MICHEL DESBRUÈRES
La France fantastique de 1900

FRANÇOIS SOLESMES
De la caresse
Poétique de la femme

PIERRE PÉJU
L'Ombre de soi-même – E. T. A. Hoffmann :
une biographie

Cet ouvrage
réalisé pour le compte des Éditions Phébus
a été reproduit et achevé d'imprimer
en janvier 2004
dans les ateliers de Normandie Roto Impression s.a.s.
61250 Lonrai
N° d'imprimeur : 033278

Dépôt légal : janvier 1999
I.S.B.N. : 2-85940-561-5
I.S.S.N. : 1285-6002

Imprimé en France